वेताल पच्चीसी

वेताल पच्चीसी

संपादक
महेश दत्त शर्मा

नमस्कार
बुक्स

प्रकाशक : **नमस्कार बुक्स**
भवन संख्या 2/42 (दूसरी मंजिल), अंसारी रोड, दरियागंज, नई दिल्ली–110002
 / संस्करण : 2026 / मूल्य : दो सौ पचास रुपए
मुद्रक : आर–टेक ऑफसेट प्रिंटर्स, दिल्ली ISBN 978-93-94871-75-5

VETAL PACHCHISI
Ed. Mahesh Dutt Sharma ₹ 250.00
Published by **NAMASKAR BOOKS**
Building No. 2/42 (Second Floor), Ansari Road, Daryaganj, New Delhi-2

पुस्तक परिचय

वेताल पच्चीसी—जैसा कि नाम से ही स्पष्ट है—पच्चीस रोमांचक कहानियों की एक श्रृंखलाबद्ध कथायात्रा है।

भारतीय पौराणिक कथाओं पर आधारित वेताल पच्चीसी 11वीं सदी में लिखा लघु कहानियों का संग्रह है, जिसके मूल लेखक कश्मीरी कवि सोमदेव भट्ट हैं। पुस्तक में विक्रम राजा विक्रमादित्य के रूप में प्रतिष्ठित हैं और वेताल पिशाच के समान एक आत्मा है।

पिशाच वेताल बुद्धिमान राजा विक्रमादित्य को एक के बाद एक करके पच्चीस आकर्षक कहानियाँ कहता है और उनके ज्ञान की परीक्षा लेता है।

विक्रमादित्य एक महान् राजा थे, जिन्होंने अपनी राजधानी उज्जयिनी से एक समृद्ध राज्य प्रशासन का संचालन किया। राजा विक्रमादित्य अपने न्याय, साहस और लौह इच्छाशक्ति के लिए सराहे गए।

एक रोचक पुस्तक।

—संपादक

अनुक्रम

प्रारंभ की कहानी

बहुत पुरानी बात है। धारा नगरी में गंधर्वसेन नाम का एक राजा राज करता था। उसकी चार रानियाँ थीं। उसके छह बेटे थे, जो सब-के-सब बड़े ही चतुर और बलवान थे। संयोग से एक दिन राजा की मृत्यु हो गई और उनकी जगह उसका बड़ा बेटा शंख गद्दी पर बैठा। उसने कुछ दिन राज किया, लेकिन छोटे भाई विक्रम ने उसे मार डाला और स्वयं राजा बन बैठा। उसका राज्य दिनोदिन बढ़ता गया और वह सारे जंबूद्वीप का राजा बन बैठा। एक दिन उसके मन में आया कि उसे घूमकर सैर करनी चाहिए और जिन देशों के नाम उसने सुने हैं, उन्हें देखना चाहिए। सो वह गद्दी अपने छोटे भाई भर्तृहरि को सौंपकर योगी बनकर राज्य से निकल पड़ा।

उस नगर में एक ब्राह्मण तपस्या करता था। एक दिन देवता ने प्रसन्न होकर उसे एक फल दिया और कहा कि इसे जो भी खाएगा, वह अमर हो जाएगा। ब्राह्मण ने वह फल लाकर अपनी पत्नी को दिया और देवता की बात भी बता दी। ब्राह्मणी बोली, "हम अमर होकर क्या करेंगे? हमेशा भीख माँगते रहेंगे। इससे तो मरना ही अच्छा है। तुम

इस फल को ले जाकर राजा को दे आओ और बदले में कुछ धन ले आओ।"

यह सुनकर ब्राह्मण फल लेकर राजा भर्तृहरि के पास गया और सारा हाल कह सुनाया। भर्तृहरि ने फल ले लिया और ब्राह्मण को एक लाख रुपए देकर विदा कर दिया। भर्तृहरि अपनी एक रानी को बहुत चाहता था। उसने महल में जाकर वह फल उसी को दे दिया। रानी की मित्रता शहर-कोतवाल से थी। उसने वह फल कोतवाल को दे दिया। कोतवाल एक वेश्या के पास जाया करता था। वह उस फल को उस वेश्या को दे आया। वेश्या ने सोचा कि यह फल तो राजा को खाना चाहिए। वह उसे लेकर राजा भर्तृहरि के पास गई और उसे दे दिया। भर्तृहरि ने उसे बहुत सा धन दिया; लेकिन जब उसने फल को अच्छी तरह से देखा तो पहचान लिया। उसे बड़ी चोट लगी, पर उसने किसी से कुछ कहा नहीं। उसने महल में जाकर रानी से पूछा कि तुमने उस फल का क्या किया? रानी ने कहा, "मैंने उसे खा लिया।" राजा ने वह फल निकालकर दिखा दिया। रानी घबरा गई और उसने सारी बात सच-सच कह दी। भर्तृहरि ने पता लगाया तो उसे पूरी बात ठीक-ठीक मालूम हो गई। इससे वह बहुत दुःखी हुआ। उसने सोचा, यह दुनिया माया-जाल है। इसमें अपना कोई नहीं। वह फल लेकर बाहर आया और उसे धुलवाकर स्वयं खा लिया। फिर राजपाट छोड़, योगी का भेस बना, जंगल में तपस्या करने चला गया।

भर्तृहरि के जंगल में चले जाने से विक्रम की गद्दी सूनी हो गई। जब राजा इंद्र को यह समाचार मिला तो उसने एक देव को धारा नगरी की रखवाली के लिए भेज दिया। वह रात-दिन वहीं रहने लगा।

भर्तृहरि के राजपाट छोड़कर वन में चले जाने की बात विक्रम को

मालूम हुई तो वह लौटकर अपने देश में आया। आधी रात का समय था। जब वह नगर में घुसने लगा तो देव ने उसे रोका। राजा ने कहा, "मैं विक्रम हूँ। यह मेरा राज है। तुम रोकने वाले कौन होते हो?"

देव बोला, "मुझे राजा इंद्र ने इस नगर की चौकसी के लिए भेजा है। तुम सच्चे राजा विक्रम हो तो आओ, पहले मुझसे लड़ो।"

दोनों में लड़ाई हुई। राजा ने जरा सी देर में देव को पछाड़ दिया। तब देव बोला, "हे राजन्! तुमने मुझे हरा दिया। मैं तुम्हें जीवन-दान देता हूँ।"

इसके बाद देव ने कहा, "राजन्, एक नगर और एक नक्षत्र में तुम तीन आदमी पैदा हुए थे। तुमने राजा के घर में जन्म लिया, दूसरे ने तेली के और तीसरे ने कुम्हार के। तुम यहाँ का राज करते हो, तेली पाताल का राज करता था। कुम्हार ने योग साधकर तेली को मारकर श्मशान में पिशाच बना सिरस के पेड़ से लटका दिया है। अब वह तुम्हें मारने की फिराक में है। उससे सावधान रहना।"

इतना कहकर देव चला गया और राजा महल में आ गया। राजा को वापस आया देख सबको बड़ी खुशी हुई। नगर में आनंद मनाया गया। राजा फिर राज करने लगा।

एक दिन की बात है कि शांतिशील नाम का एक योगी राजा के पास दरबार में आया और उसे एक फल देकर चला गया। राजा को आशंका हुई कि देव ने जिस आदमी को बताया था, कहीं यह वही तो नहीं है! यह सोच उसने फल नहीं खाया, भंडारी को दे दिया। योगी आता और राजा को एक फल दे जाता।

संयोग से एक दिन राजा अपना अस्तबल देखने गया था। योगी वहीं

पहुँचा और फल राजा के हाथ में दे दिया। राजा ने उसे उछाला तो वह हाथ से छूटकर धरती पर गिर पड़ा। उसी समय एक बंदर ने झपटकर उसे उठा लिया और तोड़ डाला। उसमें से एक लाल निकला, जिसकी चमक से सबकी आँखें चौंधिया गईं। राजा को बड़ा अचरज हुआ। उसने योगी से पूछा, "आप यह लाल मुझे रोज क्यों दे जाते हैं?"

योगी ने जवाब दिया, "महाराज! राजा, गुरु, ज्योतिषी, वैद्य और बेटी, इनके घर कभी खाली हाथ नहीं जाना चाहिए।"

राजा ने भंडारी को बुलाकर पीछे के सब फल मँगवाए। तुड़वाने पर सबमें से एक-एक लाल निकला। इतने लाल देखकर राजा को बड़ा हर्ष हुआ। उसने जौहरी को बुलवाकर उनका मूल्य पूछा। जौहरी बोला, "महाराज, ये लाल इतने कीमती हैं कि इनका मोल करोड़ों रुपयों में भी नहीं आँका जा सकता। एक-एक लाल एक-एक राज्य के बराबर है।"

यह सुनकर राजा योगी का हाथ पकड़कर गद्दी पर ले गया। बोला, "योगीराज, सुनी हुई बुरी बातें दूसरों के सामने नहीं कही जातीं।"

राजा उसे अकेले में ले गया। वहाँ जाकर योगी ने कहा, "महाराज, बात यह है कि गोदावरी नदी के किनारे श्मशान में मैं एक मंत्र सिद्ध कर रहा हूँ। उसके सिद्ध हो जाने पर मेरा मनोरथ पूरा हो जाएगा। तुम एक रात मेरे पास रहोगे तो मंत्र सिद्ध हो जाएगा। एक दिन रात को हथियार बाँधकर तुम अकेले मेरे पास आ जाना।"

राजा ने कहा, "अच्छी बात है।"

इसके उपरांत योगी दिन और समय बताकर अपने मठ में चला गया।

वह दिन आने पर राजा अकेला वहाँ पहुँचा। योगी ने उसे अपने

पास बिठा लिया। थोड़ी देर बैठकर राजा ने पूछा, "महाराज, मेरे लिए क्या आज्ञा है ?"

योगी ने कहा, "राजन्, यहाँ से दक्षिण दिशा में दो कोस की दूरी पर श्मशान में एक सिरस के पेड़ पर एक मुर्दा लटका है। उसे मेरे पास ले आओ, तब तक मैं यहाँ पूजा करता हूँ।"

यह सुनकर राजा वहाँ से चल दिया। बड़ी भयंकर रात थी। चारों ओर अँधेरा फैला था। पानी बरस रहा था। भूत-प्रेत शोर मचा रहे थे। साँप आ-आकर पैरों में लिपटते थे। लेकिन राजा हिम्मत से आगे बढ़ता गया। जब वह श्मशान में पहुँचा तो देखता क्या है कि शेर दहाड़ रहे हैं, हाथी चिंघाड़ रहे हैं, भूत-प्रेत आदमियों को मार रहे हैं। राजा बेधड़क चलता गया और सिरस के पेड़ के पास पहुँच गया। पेड़ जड़ से फुनगी तक आग से दहक रहा था। राजा ने सोचा, हो-न-हो, यह वही योगी है, जिसकी बात देव ने बताई थी। पेड़ पर रस्सी से बँधा मुर्दा लटक रहा था। राजा पेड़ पर चढ़ गया और तलवार से रस्सी काट दी। मुर्दा नीचे गिर पड़ा और दहाड़ मार-मारकर रोने लगा।

राजा ने नीचे आकर पूछा, "तू कौन है ?"

राजा का इतना कहना था कि वह मुर्दा खिलखिकर हँस पड़ा। राजा को बड़ा अचरज हुआ। तभी वह मुर्दा फिर पेड़ पर जा लटका। राजा फिर चढ़कर ऊपर गया और रस्सी काट, मुर्दे को बगल में दबा नीचे आया। बोला, "बता, तू कौन है ?"

मुर्दा चुप रहा।

तब राजा ने उसे एक चादर में बाँधा और योगी के पास ले चला। रास्ते में वह मुर्दा बोला, "मैं वेताल हूँ। तू कौन है और मुझे कहाँ ले जा रहा है ?"

राजा ने कहा, "मेरा नाम विक्रम है। मैं धारा नगरी का राजा हूँ। मैं तुझे योगी के पास ले जा रहा हूँ।"

वेताल बोला, "मैं एक शर्त पर चलूँगा। अगर तू रास्ते में बोलेगा तो मैं लौटकर पेड़ पर जा लटकूँगा।"

राजा ने उसकी बात मान ली। फिर वेताल बोला, "पंडित, चतुर और ज्ञानी, इनके दिन अच्छी-अच्छी बातों में बीतते हैं, जबकि मूर्खों के दिन कलह और नींद में। अच्छा होगा कि हमारी राह भली बातों की चर्चा में बीत जाए। मैं तुझे एक कहानी सुनाता हूँ। ले, सुन।"

□

पापी कौन ?

काशी में प्रतापमुकुट नाम का राजा राज करता था। उसके वज्रमुकुट नाम का एक बेटा था। एक दिन राजकुमार दीवान के लड़के को साथ लेकर शिकार खेलने जंगल में गया। घूमते-घूमते उन्हें एक तालाब मिला। उसके पानी में कमल खिले थे और हंस किलोल कर रहे थे। किनारों पर घने पेड़ थे, जिन पर पक्षी चहचहा रहे थे। दोनों मित्र वहाँ रुक गए और तालाब के पानी में हाथ-मुँह धोकर ऊपर महादेव के मंदिर पर गए। घोड़ों को उन्होंने मंदिर के बाहर बाँध दिया। वे मंदिर में दर्शन करके बाहर आए तो देखते क्या हैं कि तालाब के किनारे राजकुमारी अपनी सहेलियों के साथ स्नान करने आई है। दीवान का लड़का तो वहीं एक पेड़ के नीचे बैठा रहा, पर राजकुमार से न रहा गया। वह आगे बढ़ गया। राजकुमारी ने उसकी ओर देखा तो वह उस पर मोहित हो गया। राजकुमारी भी उसकी तरफ देखती रही। फिर उसने किया क्या कि जूड़े में से कमल का फूल निकाला, कान से लगाया, दाँत से कुतरा, पैर के नीचे दबाया और फिर छाती से लगा अपनी सखियों के साथ चली गई।

उसके जाने पर राजकुमार निराश हो अपने मित्र के पास आया और सब हाल सुनाकर बोला, "मैं इस राजकुमारी के बिना नहीं रह सकता। पर मुझे न तो उसका नाम मालूम है, न ठिकाना। वह कैसे मिलेगी ?"

दीवान के लड़के ने कहा, "राजकुमार, आप इतना घबराएँ नहीं। वह सबकुछ बता गई है।"

राजकुमार ने पूछा, "कैसे ?"

वह बोला, "उसने कमल का फूल सिर से उतारकर कानों से लगाया तो उसने बताया कि मैं कर्नाटक की रहनेवाली हूँ। दाँत से कुतरा तो उसका मतलब था कि मैं दंतबाट राजा की बेटी हूँ। पाँव से दबाने का अर्थ था कि मेरा नाम पद्मावती है और छाती से लगाकर उसने बताया कि तुम मेरे दिल में बस गए हो।"

इतना सुनना था कि राजकुमार खुशी से फूल उठा। बोला, "अब मुझे कर्नाटक देश में ले चलो।"

दोनों मित्र वहाँ से चल दिए। घूमते-फिरते, सैर करते दोनों कई दिन बाद वहाँ पहुँचे। राजा के महल के पास गए तो एक बुढ़िया अपने द्वार पर बैठी चरखा कातती मिली।

उसके पास जाकर दोनों घोड़ों से उतर पड़े और बोले, "माई, हम सौदागर हैं। हमारा सामान पीछे आ रहा है। हमें रहने को थोड़ी जगह दे दो।"

उनकी शक्ल-सूरत देखकर और बात सुनकर बुढ़िया के मन में ममता उमड़ आई। बोली, "बेटा, तुम्हारा ही घर है। जब तक जी में आए, रहो।"

दोनों वहीं ठहर गए। दीवान के बेटे ने उससे पूछा, "माई, तुम क्या करती हो ? तुम्हारे घर में कौन-कौन है ? तुम्हारी गुजर कैसे होती है ?"

बुढ़िया ने जवाब दिया, "बेटा, मेरा एक बेटा है, जो राजा की चाकरी में है। मैं राजा की बेटी पद्मावती की धाय थी। बूढ़ी हो जाने से अब घर में रहती हूँ। राजा खाने-पीने को दे देता है। दिन में एक बार राजकुमारी को देखने महल में जाती हूँ।"

राजकुमार ने बुढ़िया को कुछ धन दिया और कहा, "माई, कल तुम वहाँ जाओ तो राजकुमारी से कह देना कि जेठ सुदी पंचमी को तुम्हें तालाब पर जो राजकुमार मिला था, वह आ गया है।"

अगले दिन जब बुढ़िया राजमहल में गई तो उसने राजकुमार का संदेशा उसे दे दिया। सुनते ही राजकुमारी ने गुस्सा होकर हाथों में चंदन लगाकर उसके गाल पर तमाचा मारा और कहा, "मेरे घर से निकल जा।"

बुढ़िया ने घर आकर सब हाल राजकुमार को कह सुनाया। राजकुमार हक्का-बक्का रह गया। तब उसके मित्र ने कहा, "राजकुमार, आप घबराएँ नहीं, उसकी बातों को समझें। उसने दसों उँगलियाँ सफेद चंदन में मारीं, इससे उसका मतलब यह है कि अभी दस रोज चाँदनी के हैं। उनके बीतने पर मैं अँधेरी रात में मिलूँगी।"

दस दिन के बाद बुढ़िया ने फिर राजकुमारी को खबर दी तो इस बार उसने केसर के रंग में तीन उँगलियाँ डुबोकर उसके मुँह पर मारीं और कहा, "भाग यहाँ से।"

बुढ़िया ने आकर सारी बात सुना दी। राजकुमार शोक से व्याकुल हो गया। दीवान के लड़के ने समझाया, "इसमें हैरान होने की क्या बात है ? उसने कहा है कि मुझे मासिक धर्म हो रहा है। तीन दिन और ठहरो।"

तीन दिन बीतने पर बुढ़िया फिर वहाँ पहुँची। इस बार राजकुमारी ने उसे फटकारकर पश्चिम की खिड़की से बाहर निकाल दिया। उसने आकर राजकुमार को बता दिया। सुनकर दीवान का लड़का बोला, "मित्र, उसने आज रात को तुम्हें उस खिड़की की राह बुलाया है।"

मारे खुशी के राजकुमार उछल पड़ा। समय आने पर उसने बुढ़िया की पोशाक पहनी, इत्र लगाया, हथियार बाँधे। दो पहर रात बीतने पर वह खिड़की में से होकर अंदर महल में पहुँच गया। राजकुमारी वहाँ तैयार खड़ी थी। वह उसे भीतर ले गई।

अंदर के हाल देखकर राजकुमार की आँखें खुल गईं। एक-से-एक बढ़कर चीजें थीं। रात भर राजकुमार राजकुमारी के साथ रहा। जैसे ही दिन निकलने को हुआ कि राजकुमारी ने राजकुमार को छिपा दिया और रात होने पर फिर बाहर निकाल लिया। इस तरह कई दिन बीत गए। अचानक एक दिन राजकुमार को अपने मित्र की याद आई। उसे चिंता हुई कि पता नहीं, उसका क्या हुआ होगा! उदास देखकर राजकुमारी ने कारण पूछा तो उसने बता दिया। बोला, "वह मेरा बड़ा प्यारा दोस्त है, बड़ा चतुर है। उसकी होशियारी ही से तो तुम मुझे मिल पाई हो।"

राजकुमारी ने कहा, "मैं उसके लिए बढ़िया-बढ़िया भोजन बनवाती हूँ। तुम उसे खिलाकर, तसल्ली देकर लौट आना।"

खाना साथ में लेकर राजकुमार अपने मित्र के पास पहुँचा। दोनों महीने भर से मिले नहीं थे, राजकुमार ने मिलने पर सारा हाल सुनाकर कहा कि राजकुमारी को मैंने तुम्हारी चतुराई की सारी बातें बता दी हैं, तभी तो उसने यह भोजन बनाकर भेजा है।

दीवान का लड़का सोच में पड़ गया। उसने कहा, "यह तुमने अच्छा नहीं किया। राजकुमारी समझ गई कि जब तक मैं हूँ, वह तुम्हें

अपने वश में नहीं रख सकती। इसलिए उसने इस खाने में जहर मिलाकर भेजा है।"

यह कहकर दीवान के लड़के ने थाली में से एक लड्डू उठाकर कुत्ते के आगे डाल दिया। खाते ही कुत्ता मर गया। राजकुमार को बड़ा बुरा लगा। उसने कहा, "ऐसी स्त्री से भगवान् बचाए! मैं अब उसके पास नहीं जाऊँगा।"

दीवान का बेटा बोला, "नहीं, अब ऐसा उपाय करना चाहिए, जिससे हम उसे घर ले चलें। आज रात को तुम वहाँ जाओ। जब राजकुमारी सो जाए तो उसकी बाईं जाँघ पर त्रिशूल का निशान बनाकर उसके गहने लेकर चले आना।"

राजकुमार ने ऐसा ही किया। उसके आने पर दीवान का बेटा उसे साथ ले, योगी का भेस बना मरघट में जा बैठा और राजकुमार से कहा कि तुम ये गहने लेकर बाजार में बेच आओ। कोई पकड़े तो कह देना कि मेरे गुरु के पास चलो और उसे यहाँ ले आना।

राजकुमार गहने लेकर शहर में गया और महल के पास एक सुनार को उन्हें दिखाया। देखते ही सुनार ने उन्हें पहचान लिया और कोतवाल के पास ले गया। कोतवाल ने पूछा तो उसने कह दिया कि ये मेरे गुरु ने मुझे दिए हैं। गुरु को भी पकड़वा लिया गया। सब राजा के सामने पहुँचे।

राजा ने पूछा, "योगी महाराज, ये गहने आपको कहाँ से मिले ?"

योगी बने दीवान के बेटे ने कहा, "महाराज, मैं श्मशान में काली चौदस को डाकिनी-मंत्र सिद्ध कर रहा था कि डाकिनी आई। मैंने उसके गहने उतार लिये और उसकी बाईं जाँघ पर त्रिशूल का निशान बना दिया।"

इतना सुनकर राजा महल में गया और उसने रानी से कहा कि पद्मावती की बाईं जाँघ पर देखो कि त्रिशूल का निशान तो नहीं है। रानी ने देखा तो था। राजा को बड़ा दु:ख हुआ। बाहर आकर वह योगी को एक ओर ले जाकर बोला, "महाराज, धर्मशास्त्र में खोटी स्त्रियों के लिए क्या दंड है?"

योगी ने जवाब दिया, "राजन्, ब्राह्मण, गऊ, स्त्री, लड़का और अपने आसरे में रहनेवाले से कोई खोटा काम हो जाए तो उसे देश-निकाला दे देना चाहिए।" यह सुनकर राजा ने पद्मावती को डोली में बिठाकर जंगल में छुड़वा दिया। राजकुमार और दीवान का बेटा तो ताक में बैठे ही थे। राजकुमारी को अकेली पाकर साथ ले अपने नगर में लौट आए और आनंद से रहने लगे।

इतनी बात सुनाकर वेताल बोला, "राजन्, यह बताओ कि पाप किसको लगा है?"

राजा ने कहा, "पाप तो राजा को लगा। दीवान के बेटे ने अपने स्वामी का काम किया। कोतवाल ने राजा का कहना माना और राजकुमार ने अपना मनोरथ सिद्ध किया। राजा ने पाप किया, जो बिना विचारे उसे देश-निकाला दे दिया।"

राजा का इतना कहना था कि वेताल फिर उसी पेड़ पर जा लटका। राजा वापस गया और वेताल को लेकर चल दिया। वेताल बोला, "राजन्, सुनो, एक कहानी और सुनाता हूँ।"

□

पति कौन ?

यमुना के किनारे धर्मस्थान नामक एक नगर था। उस नगर में गणाधिप नाम का राजा राज करता था। उसी में केशव नाम का एक ब्राह्मण भी रहता था। ब्राह्मण यमुना के तट पर जप-तप किया करता था। उसकी एक पुत्री थी, जिसका नाम मालती था। वह बड़ी रूपवती थी। जब वह ब्याह के योग्य हुई तो उसके माता, पिता और भाई को चिंता हुई। संयोग से एक दिन जब ब्राह्मण अपने किसी यजमान की बारात में गया था और भाई पढ़ने गया था, तभी उनके घर में एक ब्राह्मण का लड़का आया। लड़की की माँ ने उसके रूप और गुणों को देखकर उससे कहा कि मैं तुमसे अपनी लड़की का ब्याह करूँगी। होनहार की बात कि उधर ब्राह्मण पिता को भी एक दूसरा लड़का मिल गया और उसने उस लड़के को भी यही वचन दे दिया। उधर ब्राह्मण का लड़का जहाँ पढ़ने गया था, वहाँ वह भी एक लड़के से यही वादा कर आया।

कुछ समय बाद बाप-बेटे घर में इकट्ठे हुए तो देखते क्या हैं कि वहाँ एक तीसरा लड़का और मौजूद है। दो उनके साथ आए थे। अब क्या हो ? ब्राह्मण, उसका लड़का और ब्राह्मणी बड़े सोच में पड़े। दैवयोग

से हुआ क्या कि लड़की को साँप ने काट लिया और वह मर गई। उसके बाप, भाई और तीनों लड़कों ने बड़ी भाग-दौड़ की, जहर झाड़नेवालों को बुलाया, पर कोई नतीजा न निकला। सब अपनी-अपनी कोशिश करके चले गए।

दुःखी होकर वे उस लड़की को श्मशान में ले गए और क्रिया-कर्म कर आए। तीनों लड़कों में से एक ने तो उसकी हड्डियाँ चुन लीं और फकीर बनकर जंगल में चला गया। दूसरे ने राख की गठरी बाँधी और वहीं झोंपड़ी डालकर रहने लगा। तीसरा योगी होकर देश-देश घूमने लगा।

एक दिन की बात है, वह तीसरा लड़का घूमते-घामते किसी नगर में पहुँचा और एक ब्राह्मणी के घर भोजन करने बैठा। जैसे ही उस घर की ब्राह्मणी भोजन परोसने आई कि उसके छोटे लड़के ने उसका आँचल पकड़ लिया। ब्राह्मणी से अपना आँचल छुड़ाते नहीं बनता था। ब्राह्मणी को बड़ा गुस्सा आया। उसने अपने लड़के को झिड़का, मारा-पीटा, फिर भी वह न माना तो ब्राह्मणी ने उसे उठाकर जलते चूल्हे में पटक दिया। लड़का जलकर राख हो गया। ब्राह्मण बिना भोजन किए ही उठ खड़ा हुआ। घरवालों ने बहुतेरा कहा, पर वह भोजन करने के लिए राजी न हुआ। उसने कहा, जिस घर में ऐसी राक्षसी हो, वहाँ मैं भोजन नहीं कर सकता।

इतना सुनकर वह आदमी भीतर गया और संजीवनी विद्या की पोथी लाकर एक मंत्र पढ़ा। जलकर राख हो चुका लड़का फिर से जीवित हो गया।

यह देखकर ब्राह्मण सोचने लगा कि अगर यह पोथी मेरे हाथ लग जाए तो मैं भी उस लड़की को फिर से जिला सकता हूँ। इसके बाद उसने

भोजन किया और वहीं ठहर गया। जब रात को सब खा–पीकर सो गए तो वह ब्राह्मण चुपचाप वह पोथी लेकर चल दिया। जिस स्थान पर उस लड़की को जलाया गया था, वहाँ जाकर उसने देखा कि दूसरे लड़के वहाँ बैठे बातें कर रहे हैं। इस ब्राह्मण के यह कहने पर कि उसे संजीवनी विद्या की पोथी मिल गई है और वह मंत्र पढ़कर लड़की को जिला सकता है, उन दोनों ने हड्डियाँ और राख निकाली। ब्राह्मण ने जैसे ही मंत्र पढ़ा, वह लड़की जी उठी। अब तीनों उसके लिए आपस में झगड़ने लगे।

इतना कहकर वेताल बोला, "राजा, बताओ कि वह लड़की किसकी स्त्री होनी चाहिए?"

राजा ने जवाब दिया, "जो वहाँ कुटिया बनाकर रहा, उसकी।"

वेताल ने पूछा, "क्यों?"

राजा बोला, "जिसने हड्डियाँ सहेजकर रखीं, वह तो उसके बेटे के बराबर हुआ। जिसने विद्या सीखकर जीवन–दान दिया, वह बाप के बराबर हुआ। जो राख लेकर वहीं रमा रहा, वही उसका पति बनने का हकदार है।"

राजा का यह जवाब सुनकर वेताल फिर पेड़ पर जा लटका। राजा को फिर लौटना पड़ा और जब वह उसे लेकर चला तो वेताल ने तीसरी कहानी सुनाई।

□

पुण्य किसका ?

वर्धमान नगर में रूपसेन नाम का राजा राज करता था। एक दिन उसके यहाँ वीरवर नाम का एक राजपूत नौकरी के लिए आया। राजा ने उससे पूछा कि उसे खर्च के लिए क्या चाहिए तो उसने जवाब दिया, हजार तौले सोना। सुनकर सबको बड़ा आश्चर्य हुआ। राजा ने पूछा, "तुम्हारे साथ कौन-कौन हैं?" उसने जवाब दिया, "मेरी स्त्री, बेटा और बेटी।" राजा को और भी अचंभा हुआ। आखिर चार जने इतने धन का क्या करेंगे? फिर भी राजा ने उसकी बात मान ली।

उस दिन से वीरवर रोज हजार तौले सोना भंडारी से लेकर अपने घर आता। उसमें से आधा ब्राह्मणों में बाँट देता, बाकी के दो हिस्से करके एक मेहमानों, वैरागियों और संन्यासियों को देता और दूसरे से भोजन बनवाकर पहले गरीबों को खिलाता, उसके बाद जो बचता, उसे स्त्री-बच्चों को खिलाता, आप खाता। काम यह था कि शाम होते ही ढाल-तलवार लेकर राजा के पलंग की चौकीदारी करता था। राजा को जब कभी रात को जरूरत होती, वह हाजिर रहता।

एक आधी रात के समय राजा को मरघट की ओर से किसी के रोने

की आवाज आई। उसने वीरवर को पुकारा तो वह हाजिर हुआ। राजा ने कहा, "जाओ, पता लगाकर आओ कि इतनी रात गए यह कौन रो रहा है और क्यों रो रहा है?"

वीरवर तत्काल वहाँ से चल दिया। मरघट में जाकर देखता क्या है कि सिर से पाँव तक एक स्त्री गहनों से लदी कभी नाचती है, कभी कूदती है और सिर पीट-पीटकर रोती है। लेकिन उसकी आँखों से एक बूँद आँसू की नहीं निकलती। वीरवर ने पूछा, "तुम कौन हो? क्यों रोती हो?"

उसने कहा, "मैं राज-लक्ष्मी हूँ। रोती इसलिए हूँ कि राजा विक्रम के घर में खोटे काम होते हैं, इसलिए वहाँ दरिद्रता का डेरा पड़ने वाला है। मैं वहाँ से चली जाऊँगी और राजा दुःखी होकर एक महीने में मर जाएगा।"

सुनकर वीरवर ने पूछा, "इससे बचने का कोई उपाय है?"

स्त्री बोली, "हाँ, है। यहाँ से पूरब में एक योजन पर एक देवी का मंदिर है। अगर तुम उस देवी पर अपने बेटे का शीश चढ़ा दो तो विपदा टल सकती है। फिर राजा सौ बरस तक बेखटके राज करेगा।"

वीरवर घर आया और अपनी स्त्री को जगाकर सब हाल कहा। स्त्री ने बेटे को जगाया, बेटी भी जाग पड़ी। जब बालक ने बात सुनी तो वह खुश होकर बोला, "आप मेरा शीश काटकर जरूर चढ़ा दें। एक तो आपकी आज्ञा, दूसरे स्वामी का काम, तीसरे यह देह देवता पर चढ़े, इससे बढ़कर अच्छी बात और क्या होगी! आप जल्दी करें।"

वीरवर ने अपनी स्त्री से कहा, "अब तुम बताओ।"

स्त्री बोली, "स्त्री का धर्म पति की सेवा करने में है।"

निदान स्वरूप चारों जने देवी के मंदिर में पहुँचे। वीरवर ने हाथ जोड़कर कहा, "हे देवी, मैं अपने बेटे की बलि देता हूँ। मेरे राजा की सौ बरस की उम्र हो जाए।"

इतना कहकर उसने इतने जोर से खांडा मारा कि लड़के का शीश धड़ से अलग हो गया। भाई का यह हाल देखकर बहन ने भी खांडे से अपना सिर अलग कर डाला। बेटा-बेटी चले गए तो दुःखी माँ ने भी उन्हीं का रास्ता पकड़ा और अपनी गरदन काट दी। वीरवर ने सोचा कि घर में कोई नहीं रहा तो मैं ही जीकर क्या करूँगा। उसने भी अपना सिर काट डाला। राजा को जब यह मालूम हुआ तो वह वहाँ आया। उसे बड़ा दुःख हुआ कि उसके लिए चार प्राणियों की जान चली गई। वह सोचने लगा कि ऐसा राज करने से धिक्कार है! यह सोच उसने तलवार उठा ली और जैसे ही अपना सिर काटने को हुआ कि देवी ने प्रकट होकर उसका हाथ पकड़ लिया। बोली, "राजन्, मैं तेरे साहस से प्रसन्न हूँ। तू जो वर माँगेगा, सो दूँगी।"

राजा ने कहा, "देवी, तुम प्रसन्न हो तो इन चारों को जिला दो।"

देवी ने अमृत छिड़ककर उन चारों को फिर से जिला दिया।

इतना कहकर वेताल बोला, "राजा, बताओ, सबसे ज्यादा पुण्य किसका हुआ?"

विक्रम राजा बोला, "राजा का।"

वेताल ने पूछा, "क्यों?"

राजा ने कहा, "इसलिए कि स्वामी के लिए चाकर का प्राण देना धर्म है; लेकिन चाकर के लिए राजा का राजपाट को छोड़, जान को तिनके के समान समझकर देने को तैयार हो जाना बहुत बड़ी बात है।"

यह सुन वेताल गायब हो गया और पेड़ पर जा लटका। बेचारा राजा दौड़ा-दौड़ा वहाँ पहुँचा और उसे फिर पकड़कर लाया तो वेताल ने चौथी कहानी कही।

□

ज्यादा पापी कौन?

भोगवती नाम की एक नगरी थी। उसमें राजा रूपसेन राज करता था। उसके पास चिंतामणि नाम का एक तोता था। एक दिन राजा ने उससे पूछा, "हमारा ब्याह किसके साथ होगा?"

तोते ने कहा, "मगध देश के राजा की बेटी चंद्रावती के साथ होगा।" राजा ने ज्योतिषी को बुलाकर पूछा तो उसने भी यही कहा।

उधर मगध देश की राज-कन्या के पास एक मैना थी। उसका नाम था मदन मंजरी। एक दिन राज-कन्या ने उससे पूछा कि मेरा विवाह किसके साथ होगा तो उसने कह दिया कि भोगवती नगर के राजा रूपसेन के साथ।

इसके बाद दोनों को विवाह हो गया। रानी के साथ उसकी मैना भी आ गई। राजा-रानी ने तोता-मैना का ब्याह कराके उन्हें एक पिंजड़े में रख दिया।

एक दिन की बात कि तोता-मैना में बहस हो गई। मैना ने कहा, "आदमी बड़ा पापी, दगाबाज और अधर्मी होता है।" तोते ने कहा, "स्त्री झूठी, लालची और हत्यारी होती है।" दोनों का झगड़ा बढ़ गया तो राजा

ने कहा, "क्या बात है, तुम आपस में लड़ते क्यों हो ?"

मैना ने कहा, "महाराज, मर्द बड़े बुरे होते हैं।"

इसके बाद मैना ने एक कहानी सुनाई।

इलापुर नगर में महाधन नाम का एक सेठ रहता था। विवाह के बहुत दिनों के बाद उसके घर एक लड़का पैदा हुआ। सेठ ने उसका बड़ी अच्छी तरह से लालन-पालन किया, पर लड़का बड़ा होकर जुआ खेलने लगा। इस बीच सेठ मर गया। लड़के ने अपना सारा धन जुए में खो दिया। जब पास में कुछ न बचा तो वह नगर छोड़कर चंद्रपुरी नामक नगरी में जा पहुँचा। वहाँ हेमगुप्त नाम का साहूकार रहता था। उसके पास जाकर उसने अपने पिता का परिचय दिया और कहा कि मैं जहाज लेकर सौदागरी करने गया था। माल बेचा, धन कमाया; लेकिन लौटते में समुद्र में ऐसा तूफान आया कि जहाज डूब गया और मैं जैसे-तैसे बचकर यहाँ आ पाया हूँ।

उस सेठ के एक लड़की थी रत्नावती। सेठ को बड़ी खुशी हुई कि घर बैठे इतना अच्छा लड़का मिल गया। उसने उस लड़के को अपने घर में रख लिया और कुछ दिन बाद अपनी लड़की से उसका ब्याह कर दिया। दोनों वहीं रहने लगे। अंत में एक दिन वहाँ से बिदा हुए। सेठ ने बहुत सा धन दिया और एक दासी को उनके साथ भेज दिया।

रास्ते में एक जंगल पड़ता था। वहाँ आकर लड़के ने स्त्री से कहा, "यहाँ बहुत डर है, तुम अपने गहने उतारकर मेरी कमर में बाँध दो।" लड़की ने ऐसा ही किया। इसके बाद लड़के ने कहारों को धन देकर डोले को वापस करा दिया और दासी को मारकर कुएँ में डाल दिया। फिर स्त्री को भी कुएँ में पटककर आगे बढ़ गया।

स्त्री रोने लगी। एक मुसाफिर उधर से जा रहा था। जंगल में रोने की आवाज सुनकर वह वहाँ आया, उसे कुएँ से निकालकर उसके घर पहुँचा दिया। स्त्री ने घर जाकर माँ–बाप से कह दिया कि रास्ते में चोरों ने हमारे गहने छीन लिये और दासी को मारकर मुझे कुएँ में ढकेलकर भाग गए। बाप ने उसे ढाढ़स बँधाया और कहा कि तू चिंता मत कर। तेरा स्वामी जीवित होगा और किसी दिन जरूर आ जाएगा।

उधर वह लड़का जेवर लेकर शहर पहुँचा। उसे तो जुए की लत लगी थी। वह सारे गहने जुए में हार गया। उसकी बुरी हालत हुई तो वह यह बहाना बनाकर कि उसके लड़का हुआ है, फिर अपनी ससुराल चला। वहाँ पहुँचते ही सबसे पहले उसकी स्त्री मिली। वह बड़ी खुश हुई। उसने पति से कहा, "आप कोई चिंता न करें, मैंने यहाँ आकर दूसरी ही बात कही है।" जो कहा था, वह उसने बता दिया।

सेठ अपने जमाई से मिलकर बड़ा प्रसन्न हुआ और उसने उसे बड़ी अच्छी तरह से घर में रखा।

कुछ दिन बाद एक रोज जब वह लड़की गहने पहने सो रही थी, उसने चुपचाप छुरी से उसे मार डाला और उसके गहने लेकर चंपत हो गया।

मैना बोली, "महाराज, यह सब मैंने अपनी आँखों से देखा। ऐसा पापी होता है आदमी!"

राजा ने तोते से कहा, "अब तुम बताओ कि स्त्री क्यों बुरी होती है?"

इस पर तोते ने यह कहानी सुनाई।

कंचनपुर में सागरदत्त नाम का एक सेठ रहता था। उसके श्रीदत्त

नाम का एक लड़का था। वहाँ से कुछ दूर पर एक और नगर था श्रीविजयपुर। उसमें सोमदत्त नाम का सेठ रहता था। उसके एक लड़की थी, वह श्रीदत्त को ब्याही थी। ब्याह के बाद श्रीदत्त व्यापार करने परदेस चला गया। बारह बरस हो गए और वह न आया तो जयश्री व्याकुल होने लगी। एक दिन वह अपनी अटारी पर खड़ी थी कि एक आदमी उसे दिखाई दिया। उसे देखते ही वह उस पर मोहित हो गई। उसने उसे अपनी सखी के घर बुलवा लिया। रात होते ही वह उस सखी के घर चली जाती और रात-भर वहाँ रहकर दिन निकलने से पहले ही लौट आती। इस तरह बहुत दिन बीत गए।

इस बीच एक दिन उसका पति परदेस से लौट आया। स्त्री बड़ी दुःखी हुई। अब वह क्या करे? पति हारा-थका था। जल्दी ही उसकी आँख लग गई और स्त्री उठकर अपने दोस्त के पास चल दी।

रास्ते में एक चोर खड़ा था। वह देखने लगा कि स्त्री कहाँ जाती है। धीरे-धीरे वह सहेली के मकान पर पहुँची। चोर भी पीछे-पीछे गया। संयोग से उस आदमी को साँप ने काट लिया था और वह मरा पड़ा था। स्त्री ने समझा सो रहा है। वहीं आँगन में पीपल का एक पेड़ था, जिस पर एक पिशाच बैठा यह लीला देख रहा था। उसने उस आदमी के शरीर में प्रवेश करके उस स्त्री की नाक काट ली और फिर उस आदमी की देह से निकलकर पेड़ पर जा बैठा। स्त्री रोती हुई अपनी सहेली के पास गई। सहेली ने कहा कि तुम अपने पति के पास जाओ और वहाँ बैठकर रोने लगो। कोई पूछे तो कह देना कि पति ने नाक काट ली है।

उसने ऐसा ही किया। उसका रोना सुनकर लोग इकट्ठे हो गए। आदमी जाग उठा। उसे सारा हाल मालूम हुआ तो वह बड़ा दुःखी हुआ। लड़की के बाप ने कोतवाल को खबर दे दी। कोतवाल उन सबको राजा

के पास ले गया। लड़की की हालत देखकर राजा को बड़ा गुस्सा आया। उसने कहा, "इस आदमी को सूली पर लटका दो।"

वह चोर वहाँ खड़ा था। जब उसने देखा कि एक बेकसूर आदमी को सूली पर लटकाया जा रहा है तो उसने राजा के सामने जाकर सब हाल सच-सच बता दिया। वह बोला, "अगर मेरी बात का विश्वास न हो तो जाकर देख लीजिए, उस आदमी के मुँह में स्त्री की नाक है।"

राजा ने जाँच करवाई तो बात सच निकली।

इतना कहकर तोता बोला, "हे राजा! स्त्रियाँ ऐसी होती हैं! राजा ने उस स्त्री का सिर मुँड़वाकर, गधे पर चढ़ाकर नगर में घुमवाया और शहर से बाहर छुड़वा दिया।"

यह कहानी सुनाकर वेताल बोला, "विक्रम, बताओ कि दोनों में ज्यादा पापी कौन है ?"

राजा ने कहा, "स्त्री।"

वेताल ने पूछा, "कैसे ?"

राजा ने कहा, "मर्द कैसा ही दुष्ट हो, उसे धर्म का थोड़ा-बहुत विचार रहता ही है। स्त्री को नहीं रहता, इसलिए वह अधिक पापिन है।"

राजा के इतना कहते ही वेताल फिर पेड़ पर जा लटका। राजा लौटकर गया और उसे पकड़कर लाया। रास्ते में वेताल ने पाँचवीं कहानी सुनाई।

□

असली वर कौन ?

उज्जैन में महाबल नाम का एक राजा रहता था। उसके हरिदास नाम का एक दूत था, जिसके महादेवी नाम की बड़ी सुंदर कन्या थी। जब वह विवाह योग्य हुई तो हरिदास को बहुत चिंता होने लगी। इसी बीच राजा ने उसे एक दूसरे राजा के पास भेजा। कई दिन चलकर हरिदास वहाँ पहुँचा। राजा ने उसे बड़ी अच्छी तरह से रखा। एक दिन एक ब्राह्मण हरिदास के पास आया। बोला, "तुम अपनी लड़की मुझे दे दो।"

हरिदास ने कहा, "मैं अपनी लड़की उसे दूँगा, जिसमें सब गुण होंगे।"

ब्राह्मण ने कहा, "मेरे पास एक ऐसा रथ है, जिस पर बैठकर जहाँ चाहो, घड़ी-भर में पहुँच जाओगे।"

हरिदास बोला, "ठीक है, सबेरे उसे ले आना।"

अगले दिन दोनों जन रथ पर बैठकर उज्जैन आ पहुँचे। दैवयोग से उससे पहले हरिदास का लड़का अपनी बहन को किसी दूसरे को और हरिदास की स्त्री अपनी लड़की को किसी तीसरे को देने का वादा कर चुकी थी। इस तरह एक समय में तीन वर इकट्ठे हो गए। हरिदास सोचने

लगा कि कन्या एक है, वर तीन हैं। क्या करे! इसी बीच एक राक्षस आया और कन्या को उठाकर विंध्याचल पहाड़ पर ले गया। तीनों वरों में एक ज्ञानी था। हरिदास ने उससे पूछा तो उसने बता दिया कि एक राक्षस लड़की को उड़ा ले गया है और वह विंध्याचल पहाड़ पर है।

दूसरे ने कहा, "मेरे रथ पर बैठकर चलो। जरा सी देरी में वहाँ पहुँच जाएँगे।"

तीसरा बोला, "मैं शब्दवेधी तीर चलाना जानता हूँ। राक्षस को मार गिराऊँगा।"

वे सब रथ पर चढ़कर विंध्याचल पहुँचे और राक्षस को मारकर लड़की को बचा कर ले आए।

इतना कहकर वेताल बोला, "हे राजन्! बताओ, वह लड़की उन तीनों में से किसको मिलनी चाहिए?"

राजा ने कहा, "जिसने राक्षस को मारा, उसको मिलनी चाहिए, क्योंकि असली वीरता तो उसी ने दिखाई। बाकी दो ने तो मदद की।"

राजा का इतना कहना था कि वेताल फिर पेड़ पर जा लटका और राजा फिर उसे लेकर आया तो रास्ते में वेताल ने छठी कहानी सुनाई।

□

पत्नी किसकी ?

धर्मपुर नाम की एक नगरी थी। उसमें धर्मशील नाम का राजा राज करता था। उसके अंधक नाम का दीवान था। एक दिन दीवान ने कहा, "महाराज, एक मंदिर बनवाकर देवी को बिठाकर पूजा की जाए तो बड़ा पुण्य मिलेगा।"

राजा ने ऐसा ही किया। एक दिन देवी ने प्रसन्न होकर उससे वर माँगने को कहा। राजा के कोई संतान नहीं थी। उसने देवी से पुत्र माँगा। देवी बोली, "अच्छी बात है, तुझे बड़ा प्रतापी पुत्र प्राप्त होगा।"

कुछ दिन बाद राजा के एक लड़का हुआ। सारे नगर में बड़ी खुशी मनाई गई।

एक दिन एक धोबी अपने मित्र के साथ उस नगर में आया। उसकी निगाह देवी के मंदिर में पड़ी। उसने देवी को प्रणाम करने का इरादा किया। उसी समय उसे एक धोबी की लड़की दिखाई दी, जो बड़ी सुंदर थी। उसे देखकर वह इतना पागल हो गया कि उसने मंदिर में जाकर देवी से प्रार्थना की, "हे देवी! यह लड़की मुझे मिल जाए। अगर मिल गई तो मैं अपना सिर तुझपर चढ़ा दूँगा।"

इसके बाद वह हर घड़ी बेचैन रहने लगा। उसके मित्र ने उसके पिता से सारा हाल कहा। अपने बेटे की यह हालत देखकर वह लड़की के पिता के पास गया और उसके अनुरोध करने पर दोनों का विवाह हो गया।

विवाह के कुछ दिन बाद लड़की के पिता के यहाँ उत्सव हुआ। इसमें शामिल होने के लिए न्योता आया। मित्र को साथ लेकर दोनों चले। रास्ते में उसी देवी का मंदिर पड़ा तो लड़के को अपना वादा याद आ गया। उसने मित्र और स्त्री को थोड़ी देर रुकने को कहा और स्वयं जाकर देवी को प्रणाम कर के इतने जोर से तलवार मारी कि उसका सिर धड़ से अलग हो गया।

देर हो जाने पर जब उसका मित्र मंदिर के अंदर गया तो देखता क्या है कि उसके मित्र का सिर धड़ से अलग पड़ा है। उसने सोचा कि यह दुनिया बड़ी बुरी है। कोई यह तो समझेगा नहीं कि इसने अपने आप शीश चढ़ाया है। सब यही कहेंगे कि इसकी सुंदर स्त्री को हड़पने के लिए मैंने इसकी गरदन काट दी। इससे कहीं मर जाना अच्छा है। यह सोच उसने तलवार लेकर अपनी गरदन उड़ा दी।

उधर बाहर खड़ी-खड़ी स्त्री हैरान हो गई तो वह मंदिर के भीतर गई। देखकर चकित रह गई। सोचने लगी कि दुनिया कहेगी, यह बुरी औरत होगी, इसलिए दोनों को मार आई, इस बदनामी से तो मर जाना अच्छा है। यह सोच उसने तलवार उठाई और जैसे ही गरदन पर मारनी चाही कि देवी ने प्रकट होकर उसका हाथ पकड़ लिया और कहा, "मैं तुझपर प्रसन्न हूँ। जो चाहो, सो माँगो।"

स्त्री बोली, "हे देवी! इन दोनों को जिला दो।"

देवी ने कहा, "अच्छा, तुम दोनों के सिर-धड़ मिलाकर रख दो।"

घबराहट में स्त्री ने सिर जोड़े तो गलती से एक का सिर दूसरे के धड़ पर लग गया। देवी ने दोनों को जिला दिया। अब वे दोनों आपस में झगड़ने लगे। एक कहता था कि यह स्त्री मेरी है, दूसरा कहता मेरी।

वेताल बोला, "हे राजन्! बताओ कि वह स्त्री किसकी होनी चाहिए?"

राजा ने कहा, "नदियों में गंगा उत्तम है, पर्वतों में सुमेरु, वृक्षों में कल्पवृक्ष और अंगों में सिर, इसलिए जिस शरीर पर पति का सिर लगा हो, वही उसका पति होना चाहिए।"

इतना सुनकर वेताल फिर पेड़ पर जा लटका। राजा उसे फिर पकड़कर लाया तो उसने सातवीं कहानी कही।

□

किसका पुण्य बड़ा ?

मिथिलावती नाम की एक नगरी थी। उसमें गुणधिप नाम का राजा राज करता था। उसकी सेवा करने के लिए दूर देश से एक राजकुमार आया। वह बराबर कोशिश करता रहा, लेकिन राजा से उनकी भेंट न हुई। जो कुछ वह अपने साथ लाया था, वह सब बराबर हो गया।

एक दिन राजा शिकार खेलने निकला। राजकुमार भी साथ हो लिया। चलते-चलते राजा एक वन में पहुँचा। वहाँ उसके नौकर-चाकर बिछुड़ गए। राजा के साथ अकेला वह राजकुमार रह गया। उसने राजा को रोका। राजा ने उसकी ओर देखा तो पूछा, "तू इतना कमजोर क्यों हो रहा है।" उसने कहा, "इसमें मेरे कर्म का दोष है। मैं जिस राजा के पास रहता हूँ, वह हजारों को पालता है, पर उसकी निगाह मेरी ओर नहीं जाती। राजन्, छह बातें आदमी को हल्का करती हैं—खोटे नर की प्रीति, बिना कारण हँसी, स्त्री से विवाद, असज्जन स्वामी की सेवा, गधे की सवारी और बिना संस्कृत की भाषा। और हे राजा, ये पाँच चीजें आदमी के पैदा होते ही विधाता उसके भाग्य में लिख देता है—आयु, कर्म, धन, विद्या और यश। राजन्, जब तक आदमी का पुण्य उदय रहता है, तब

तक उसके बहुत से दास रहते हैं। जब पुण्य घट जाता है तो भाई भी बैरी हो जाते हैं। पर एक बात है, स्वामी की सेवा अकारथ नहीं जाती। कभी-न-कभी फल मिल ही जाता है।"

यह सुन राजा के मन पर उसका बड़ा असर हुआ। कुछ समय घूमने-घामने के बाद वे नगर में लौट आए। राजा ने उसे अपनी नौकरी में रख लिया। उसे बढ़िया-बढ़िया कपड़े और गहने दिए।

एक दिन राजकुमार किसी काम से कहीं गया। रास्ते में उसे देवी का मंदिर मिला। उसने अंदर जाकर देवी की पूजा की। जब वह बाहर निकला तो देखता क्या है, उसके पीछे एक सुंदर स्त्री चली आ रही है। राजकुमार उसे देखते ही उसकी ओर आकर्षित हो गया। स्त्री ने कहा, "पहले तुम कुंड में स्नान कर आओ। फिर जो कहोगे, सो करूँगी।"

इतना सुनकर राजकुमार कपड़े उतारकर जैसे ही कुंड में घुसा और गोता लगाया कि अपने नगर में पहुँच गया। उसने जाकर राजा को सारा हाल कह सुनाया। राजा ने कहा, "यह अचरज मुझे भी दिखाओ।"

दोनों घोड़ों पर सवार होकर देवी के मंदिर पर आए। अंदर जाकर दर्शन किए और जैसे ही बाहर निकले कि वह स्त्री प्रकट हो गई। राजा को देखते ही बोली, "महाराज, मैं आपके रूप पर मुग्ध हूँ। आप जो कहेंगे, वही करूँगी।"

राजा ने कहा, "ऐसी बात है तो तू मेरे इस सेवक से विवाह कर ले।"

स्त्री बोली, "यह नहीं होने का। मैं तो तुम्हें चाहती हूँ।"

राजा ने कहा, "सज्जन लोग जो कहते हैं, उसे निभाते हैं। तुम अपने वचन का पालन करो।"

इसके बाद राजा ने उसका विवाह अपने सेवक से करा दिया।

इतना कहकर वेताल बोला, "हे राजन्! यह बताओ कि राजा और सेवक, दोनों में से किसका काम बड़ा हुआ?"

राजा ने कहा, "नौकर का।"

वेताल ने पूछा, "सो कैसे?"

राजा बोला, "उपकार करना राजा का तो धर्म ही था। इसलिए उसके उपकार करने में कोई खास बात नहीं हुई। लेकिन जिसका धर्म नहीं था, उसने उपकार किया तो उसका काम बढ़कर हुआ कि नहीं?"

इतना सुनकर वेताल फिर पेड़ पर जा लटका और राजा जब उसे पुनः लेकर चला तो उसने आठवीं कहानी सुनाई।

□

सबसे बढ़कर कौन ?

अंग देश के एक गाँव में एक धनी ब्राह्मण रहता था। उसके तीन पुत्र थे। एक बार ब्राह्मण ने एक यज्ञ करना चाहा। उसके लिए एक कछुए की जरूरत हुई। उसने तीनों भाइयों को कछुआ लाने को कहा। वे तीनों समुद्र पर पहुँचे। वहाँ उन्हें एक कछुआ मिल गया। बड़े पुत्र ने कहा, "मैं भोजनचंग हूँ, इसलिए कछुए को नहीं छुऊँगा।" मझला बोला, "मैं नारीचंग हूँ, मैं नहीं ले जाऊँगा।" सबसे छोटा बोला, "मैं शैयाचंग हूँ, सो मैं भी नहीं ले जाऊँगा।"

वे तीनों इस बहस में पड़ गए कि उनमें कौन बढ़कर है। जब वे आपस में इसका फैसला न कर सके तो राजा के पास पहुँचे। राजा ने कहा, "आप लोग रुकें। मैं तीनों की अलग-अलग जाँच करूँगा।"

इसके बाद राजा ने बढ़िया भोजन तैयार कराया और तीनों खाने बैठे। सबसे बड़े ने कहा, "मैं खाना नहीं खाऊँगा। इसमें मुर्दे की गंध आती है।" वह उठकर चला। राजा ने पता लगाया तो मालूम हुआ कि वह भोजन श्मशान के पास के खेत का बना था। राजा ने कहा, "तुम सचमुच भोजनचंग हो, तुम्हें भोजन की पहचान है।"

रात के समय राजा ने एक सुंदर स्त्री को मझले भाई के पास भेजा। ज्यों ही वह वहाँ पहुँची कि मझले भाई ने कहा, "इसे हटाओ यहाँ से। इसके शरीर से बकरी के दूध की गंध आती है।"

राजा ने यह सुनकर पता लगवाया तो मालूम हुआ कि वह स्त्री बचपन में बकरी के दूध पर पली थी। राजा बड़ा खुश हुआ और बोला, "तुम सचमुच नारीचंग हो।"

इसके बाद उसने तीसरे भाई को सोने के लिए सात गद्दों का पलंग दिया। जैसे ही वह उस पर लेटा कि एकदम चीखकर उठ बैठा। लोगों ने देखा, उसकी पीठ पर एक लाल रेखा खिंची थी। राजा को खबर मिली तो उसने बिछौने को दिखवाया। सात गद्दों के नीचे उसमें एक बाल निकला। उसी से उसकी पीठ पर लाल लकीर पड़ गई थी।

राजा को बड़ा अचरज हुआ, उसने तीनों को एक-एक लाख अशर्फियाँ दीं। अब वे तीनों कछुए को ले जाना भूल गए, वहीं आनंद से रहने लगे।

इतना कहकर वेताल बोला, "हे राजा! तुम बताओ, उन तीनों में सबसे बढ़कर कौन था?"

राजा ने कहा, "मेरे विचार से सबसे बढ़कर शैयाचंग था, क्योंकि उसकी पीठ पर बाल का निशान दिखाई दिया और ढूँढ़ने पर बिस्तर में बाल पाया भी गया। बाकी दो के बारे में तो यह कहा जा सकता है कि उन्होंने किसी से पूछकर जान लिया होगा।"

इतना सुनते ही वेताल फिर पेड़ पर जा लटका। राजा लौटकर वहाँ गया और उसे लेकर लौटा तो उसने यह कहानी कही।

□

सर्वश्रेष्ठ वर कौन?

चंपापुर नाम का एक नगर था, जिसमें चंपकेश्वर नाम का राजा राज करता था। उसके सुलोचना नाम की रानी थी और त्रिभुवनसुंदरी नाम की लड़की। राजकुमारी यथा नाम तथा गुण थी। जब वह बड़ी हुई तो उसका रूप और निखर आया। राजा और रानी को उसके विवाह की चिंता हुई। चारों ओर इसकी खबर फैल गई। बहुत से राजाओं ने अपनी-अपनी तसवीरें बनवाकर भेंजी, पर राजकुमारी ने किसी को भी पसंद न किया। पिता राजा ने कहा, "बेटी, कहो तो स्वयंवर करूँ?" लेकिन वह राजी नहीं हुई। आखिर राजा ने तय किया कि वह उसका विवाह उस आदमी के साथ करेगा, जो रूप, बल और ज्ञान, इन तीनों में बढ़ा-चढ़ा होगा।

एक दिन राजा के पास चार देशों के चार वर आए। एक ने कहा, "मैं एक कपड़ा बनाकर पाँच लाख में बेचता हूँ, एक लाख देवता को चढ़ाता हूँ, एक लाख अपने अंग लगाता हूँ, एक लाख स्त्री के लिए रखता हूँ और एक लाख से अपने खाने-पीने का खर्च चलाता हूँ। इस विद्या को और कोई नहीं जानता।"

दूसरा बोला, "मैं जल-थल के पशुओं की भाषा जानता हूँ।"

तीसरे ने कहा, "मैं इतना शास्त्र पढ़ा हूँ कि मेरा कोई मुकाबला नहीं कर सकता।"

चौथे ने कहा, "मैं शब्दवेधी तीर चलाना जानता हूँ।"

चारों की बातें सुनकर राजा सोच में पड़ गया। वे सुंदरता में भी एक-से-एक बढ़कर थे। उसने राजकुमारी को बुलाकर उनके गुण और रूप का वर्णन किया, पर वह चुप बनी रही।

इतना कहकर वेताल बोला, "राजन्, तुम बताओ कि राजकुमारी किसको मिलनी चाहिए?"

राजा बोला, "जो कपड़ा बनाकर बेचता है, वह शूद्र है। जो पशुओं की भाषा जानता है, वह ज्ञानी है। जो शास्त्र पढ़ा है, ब्राह्मण है; पर जो शब्दवेधी तीर चलाना जानता है, वह राजकुमारी का सजातीय है और उसके योग्य है। राजकुमारी उसी को मिलनी चाहिए।"

राजा के इतना कहते ही वेताल गायब हो गया। राजा बेचारा वापस लौटा और उसे लेकर चला तो उसने दसवीं कहानी सुनाई।

□

सबसे अधिक त्यागी कौन?

मदनपुर नगर में वीरवर नाम का राजा राज करता था। उसके राज्य में एक वैश्य था, जिसका नाम हिरण्यदत्त था। उसके मदनसेना नाम की एक कन्या थी।

एक दिन मदनसेना अपनी सखियों के साथ बाग में गई। वहाँ संयोग से सोमदत्त नामक सेठ का लड़का धर्मदत्त अपने मित्र के साथ आया हुआ था। वह मदनसेना को देखते ही उससे प्रेम करने लगा। घर लौटकर वह सारी रात उसके लिए बेचैन रहा। अगले दिन वह फिर बाग में गया। मदनसेना वहाँ अकेली बैठी थी। उसके पास जाकर उसने कहा, "तुम मुझसे प्यार नहीं करोगी तो मैं प्राण दे दूँगा।"

मदनसेना ने जवाब दिया, "आज से पाँचवें दिन मेरी शादी होने वाली है। मैं तुम्हारी नहीं हो सकती।"

वह बोला, "मैं तुम्हारे बिना जीवित नहीं रह सकता।"

मदनसेना डर गई। बोली, "अच्छी बात है। मेरा ब्याह हो जाने दो। मैं अपने पति के पास जाने से पहले तुमसे जरूर मिलूँगी।"

वचन देकर मदनसेना डर गई। उसका विवाह हो गया और वह जब अपने पति के पास गई तो उदास होकर बोली, "आप मुझ पर विश्वास करें और मुझे अभय दान दें तो एक बात कहूँ।" पति ने विश्वास दिलाया तो उसने सारी बात कह सुनाई। सुनकर पति ने सोचा कि यह बिना जाए मानेगी तो है नहीं, रोकना बेकार है। उसने जाने की आज्ञा दे दी।

मदनसेना अच्छे-अच्छे कपड़े और गहने पहनकर चली। रास्ते में उसे एक चोर मिला। उसने उसका आँचल पकड़ लिया। मदनसेना ने कहा, "तुम मुझे छोड़ दो। मेरे गहने लेना चाहते हो तो लो।"

चोर बोला, "मैं तो तुम्हें चाहता हूँ।"

मदनसेना ने उसे सारा हाल कहा, "पहले मैं वहाँ हो आऊँ, तब तुम्हारे पास आऊँगी।"

चोर ने उसे छोड़ दिया।

मदनसेना धर्मदत्त के पास पहुँची। उसे देखकर वह बड़ा खुश हुआ और उसने पूछा, "तुम अपने पति से बचकर कैसे आई हो?"

मदनसेना ने सारी बात सच-सच कह दी। धर्मदत्त पर उसका बड़ा गहरा असर पड़ा। उसने उसे छोड़ दिया। फिर वह चोर के पास आई। चोर सबकुछ जानकर बड़ा प्रभावित हुआ और वह उसे घर पर छोड़ गया। इस प्रकार मदनसेना सबसे बचकर पति के पास आ गई। पति ने सारा हाल सुना तो बहुत प्रसन्न हुआ और उसके साथ आनंद से रहने लगा।

इतना कहकर वेताल बोला, "हे राजा! बताओ, पति, धर्मदत्त और चोर, इनमें से कौन अधिक त्यागी है?"

राजा ने कहा, "चोर। मदनसेना का पति तो उसे दूसरे आदमी पर

रुझान होने से त्याग देता है। धर्मदत्त उसे इसलिए छोड़ता है कि उसका मन बदल गया था, फिर उसे यह डर भी रहा होगा कि कहीं उसका पति उसे राजा से कहकर दंड न दिलवा दे। लेकिन चोर का किसी को पता न था, फिर भी उसने उसे छोड़ दिया। इसलिए वह उन दोनों से अधिक त्यागी हैं।"

राजा का यह जवाब सुनकर वेताल फिर पेड़ पर जा लटका और राजा जब उसे लेकर चला तो उसने यह कथा सुनाई।

□

सबसे अधिक सुकुमार कौन ?

गौड़ देश में वर्धमान नाम का एक नगर था, जिसमें गुणशेखर नाम का राजा राज करता था। उसके अभयचंद्र नाम का दीवान था। उस दीवान के समझाने से राजा ने अपने राज्य में शिव और विष्णु की पूजा, गोदान, भूदान, पिंडदान आदि सब बंद कर दिए। नगर में डोंडी पिटवा दी कि जो कोई ये काम करेगा, उसका सबकुछ छीनकर उसे नगर से निकाल दिया जाएगा।

एक दिन दीवान ने कहा, "महाराज, अगर कोई किसी को दुःख पहुँचाता है और उसके प्राण लेता है तो पाप से उसका जन्म-मरण नहीं छूटता। वह बार-बार जन्म लेता और मरता है। इससे मनुष्य का जन्म पाकर धर्म बढ़ाना चाहिए। आदमी को हाथी से लेकर चींटी तक सबकी रक्षा करनी चाहिए। जो लोग दूसरों के दुःख को नहीं समझते और उन्हें सताते हैं, उनकी इस पृथ्वी पर उम्र घटती जाती है और वे लूले-लँगड़े, काने, बौने होकर जन्म लेते हैं।"

राजा ने कहा, "ठीक है।" अब दीवान जैसे कहता, राजा वैसे ही करता। दैवयोग से एक दिन राजा मर गया। उसकी जगह उसका बेटा

धर्मराज गद्दी पर बैठा। एक दिन उसने किसी बात पर नाराज होकर दीवान को नगर से बाहर निकलवा दिया।

कुछ दिन बाद एक बार वसंत ऋतु में वह इंदुलेखा, तारावली और मृगांकवती, इन तीनों रानियों को लेकर बाग में गया। वहाँ जब उसने इंदुलेखा के बाल पकड़े तो उसके कान में लगा हुआ कमल उसकी जाँघ पर गिर गया। कमल के गिरते ही उसकी जाँघ में घाव हो गया और वह बेहोश हो गई। बहुत इलाज हुआ, तब वह ठीक हुई। इसके बाद एक दिन की बात कि तारावली ऊपर खुले में सो रही थी। चाँद निकला। जैसे ही उसकी चाँदनी तारावली के शरीर पर पड़ी, फफोले उठ आए। कई दिन के इलाज के बाद उसे आराम हुआ। इसके बाद एक दिन किसी के घर में मूसलों से धान कूटने की आवाज हुई। सुनते ही मृगांकवती के हाथों में छाले पड़ गए। इलाज हुआ, तब जाकर छाले ठीक हुए।

इतनी कथा सुनाकर वेताल ने पूछा, "महाराज, बताइए, उन तीनों में सबसे ज्यादा कोमल कौन थी?"

राजा ने कहा, "मृगांकवती, क्योंकि पहली दो के घाव और छाले कमल और चाँदनी के छूने से हुए थे। तीसरी ने मूसल को छुआ भी नहीं और छाले पड़ गए। वही सबसे अधिक सुकुमार ठहरी।"

राजा के इतना कहते ही वेताल नौ-दो ग्यारह हो गया। राजा बेचारा फिर श्मशान में गया और जब वह उसे लेकर चला तो उसने एक और कहानी सुनाई।

□

दीवान की मृत्यु क्यों ?

किसी जमाने में अंगदेश में यशकेतु नाम का राजा था। उसके दीर्घदर्शी नाम का बड़ा ही चतुर दीवान था। राजा बड़ा विलासी था। राज्य का सारा बोझ दीवान पर डालकर वह भोग में पड़ गया। दीवान को बहुत दु:ख हुआ। उसने देखा कि राजा के साथ सब जगह उसकी निंदा होती है। इसलिए वह तीरथ का बहाना करके चल पड़ा। चलते-चलते रास्ते में उसे एक शिव-मंदिर मिला। उसी समय निछिदत्त नाम का एक सौदागर वहाँ आया और दीवान के पूछने पर उसने बताया कि वह सुवर्णद्वीप में व्यापार करने जा रहा है। दीवान भी उसके साथ हो लिया।

दोनों जहाज पर चढ़कर सुवर्णद्वीप पहुँचे और वहाँ व्यापार करके धन कमाकर लौटे। रास्ते में समुद्र में एक दीवान को एक कृल्पवृक्ष दिखाई दिया। उसकी मोटी-मोटी शाखाओं पर रत्नों से जड़ा एक पलंग बिछा था। उस पर एक रूपवती कन्या बैठी वीणा बजा रही थी। थोड़ी देर बाद वह गायब हो गई। पेड़ भी नहीं रहा। दीवान बड़ा चकित हुआ।

दीवान ने अपने नगर में लौटकर सारा हाल कह सुनाया। इस बीच

इतने दिनों तक राजकाज को चलाकर राजा सुधर गया था और उसने विलासिता छोड़ दी थी। दीवान की कहानी सुनकर राजा उस सुंदरी को पाने के लिए बेचैन हो उठा और राज्य का सारा काम दीवान पर सौंपकर तपस्वी का भेष बनाकर वहाँ पहुँचा। पहुँचने पर उसे वही कल्पवृक्ष और वीणा बजाती कन्या दिखाई दी। उसने राजा से पूछा, "तुम कौन हो ?" राजा ने अपना परिचय दे दिया। कन्या बोली, "मैं राजा मृगांकसेन की कन्या हूँ। मृगांकवती मेरा नाम है। मेरे पिता मुझे छोड़कर न जाने कहाँ चले गए।"

राजा ने उसके साथ विवाह कर लिया। कन्या ने यह शर्त रखी कि वह हर महीने के शुक्लपक्ष और कृष्णपक्ष की चतुर्दशी और अष्टमी को कहीं जाया करेगी और राजा उसे रोकेगा नहीं। राजा ने यह शर्त मान ली।

इसके बाद कृष्णपक्ष की चतुर्दशी आई तो राजा से पूछकर मृगांकवती वहाँ से चली। राजा भी चुपचाप पीछे-पीछे चल दिया। अचानक राजा ने देखा कि एक राक्षस निकला और उसने मृगांकवती को निगल लिया। राजा को बड़ा गुस्सा आया और उसने राक्षस का सिर काट डाला। मृगांकवती उसके पेट से जीवित निकल आई।

राजा ने उससे पूछा कि यह क्या माजरा है तो उसने कहा, "महाराज, मेरे पिता मेरे बिना भोजन नहीं करते थे। मैं अष्टमी और चतुदर्शी के दिन शिवपूजा यहाँ करने आती थी। एक दिन पूजा में मुझे बहुत देर हो गई। पिता को भूखा रहना पड़ा। देर से जब मैं घर लौटी तो उन्होंने गुस्से में मुझे शाप दे दिया कि अष्टमी और चतुर्दशी के दिन जब मैं पूजन के लिए आया करूँगी तो एक राक्षस मुझे निगल जाया करेगा और मैं उसका पेट चीरकर निकला करूँगी। जब मैंने उनसे शाप छुड़ाने के लिए बहुत अनुनय की तो वे बोले, "जब अंगदेश का राजा तेरा पति बनेगा और तुझे राक्षस से निगली

जाते देखेगा तो वह राक्षस को मार देगा। तब तेरे शाप का अंत होगा।"

इसके बाद राजा उसे लेकर नगर में आया। दीवान ने यह देखा तो उसका हृदय फट गया और वह मर गया।

इतना कहकर वेताल ने पूछा, "हे राजन्! यह बताओ कि स्वामी की इतनी खुशी के समय दीवान का हृदय फट गया?"

राजा ने कहा, "इसलिए कि उसने सोचा कि राजा फिर स्त्री के चक्कर में पड़ गया और राज्य की फिर दुर्दशा होगी।"

राजा का इतना कहना था कि वेताल फिर पेड़ पर जा लटका। राजा ने वहाँ जाकर फिर उसे साथ लिया तो रास्ते में वेताल ने यह कहानी सुनाई।

□

अपराधी कौन ?

बनारस में देवस्वामी नाम का एक ब्राह्मण रहता था। उसके हरिदास नाम का पुत्र था। हरिदास की बड़ी सुंदर पत्नी थी। नाम था लावण्यवती। एक दिन वे दोनों महल के ऊपर छत पर सो रहे थे कि आधी रात के समय एक गंधर्व-कुमार आकाश में घूमता हुआ उधर से निकला। वह लावण्यवती के रूप पर मुग्ध होकर उसे उड़ाकर ले गया। जागने पर हरिदास ने देखा कि उसकी स्त्री नहीं है तो उसे बड़ा दुःख हुआ और वह मरने के लिए तैयार हो गया। लोगों के समझाने पर वह मान तो गया; लेकिन यह सोचकर कि तीरथ करने से शायद पाप दूर हो जाए और स्त्री मिल जाए, वह घर से निकल पड़ा।

चलते-चलते वह किसी गाँव में एक ब्राह्मण के घर पहुँचा। उसे भूखा देख ब्राह्मणी ने उसे कटोरा भरकर खीर दी और तालाब के किनारे बैठकर खाने को कहा। हरिदास खीर लेकर एक पेड़ के नीचे आया और कटोरा वहाँ रखकर तालाब में हाथ-मुँह धोने गया। इसी बीच एक बाज किसी साँप को लेकर उसी पेड़ पर आ बैठा और जब वह उसे खाने लगा तो साँप के मुँह से जहर टपककर कटोरे में गिर गया। हरिदास को कुछ

पता नहीं था। वह उस खीर को खा गया। जहर का असर होने पर वह तड़पने लगा और दौड़ा-दौड़ा ब्राह्मणी के पास आकर बोला, "तूने मुझे जहर दे दिया है।" इतना कहने के बाद हरिदास मर गया।

पति ने यह देखा तो ब्राह्मणी को ब्रह्मघातिनी कहकर घर से निकाल दिया।

इतना कहकर वेताल बोला, "राजन्! बताओ कि साँप, बाज और ब्राह्मणी, इन तीनों में अपराधी कौन है?"

राजा ने कहा, "कोई नहीं। साँप तो इसलिए नहीं, क्योंकि वह शत्रु के वश में था। बाज इसलिए नहीं कि वह भूखा था। जो उसे मिल गया, उसी को वह खाने लगा। ब्राह्मणी इसलिए नहीं कि उसने अपना धर्म समझकर उसे खीर दी थी और अच्छी दी थी। जो इन तीनों में से किसी को दोषी कहेगा, वह स्वयं दोषी होगा। इसलिए अपराधी ब्राह्मणी का पति था, जिसने बिना विचारे ब्राह्मणी को घर से निकाल दिया।"

इतना सुनकर वेताल फिर पेड़ पर जा लटका और राजा को वहाँ जाकर उसे लाना पड़ा। वेताल ने चलते-चलते नई कहानी सुनाई।

□

चोर जोर-जोर से क्यों रोया और फिर क्यों हँसा ?

अयोध्या नगरी में वीरकेतु नाम का राजा राज करता था। उसके राज्य में रत्नदत्त नाम का एक साहूकार था, जिसके रत्नवती नाम की एक लड़की थी। वह सुंदर थी। वह पुरुष के भेस में रहा करती थी और किसी से भी ब्याह नहीं करना चाहती थी। उसका पिता बड़ा दुःखी था।

इसी बीच नगर में खूब चोरियाँ होने लगी। प्रजा दुःखी हो गई। कोशिश करने पर भी जब चोर पकड़ में न आया तो राजा स्वयं उसे पकड़ने के लिए निकला। एक दिन रात को जब राजा भेष बदलकर घूम रहा था तो उसे परकोटे के पास एक आदमी दिखाई दिया। राजा चुपचाप उसके पीछे चल दिया। चोर ने कहा, "तब तो तुम मेरे साथी हो। आओ, मेरे घर चलो।"

दोनो घर पहुँचे। उसे बिठलाकर चोर किसी काम के लिए बाहर चला गया। इसी बीच उसकी दासी आई और बोली, "तुम यहाँ क्यों आए हो ? चोर तुम्हें मार डालेगा। भाग जाओ।"

राजा ने ऐसा ही किया। फिर उसने फौज बुलाकर चोर का घर घेर लिया। जब चोर ने यह सब देखा तो वह लड़ने के लिए तैयार हो गया। दोनों में खूब लड़ाई हुई। अंत में चोर हार गया। राजा उसे पकड़कर राजधानी में लाया और उसे सूली पर लटकाने का हुक्म दे दिया।

संयोग से रत्नवती ने उसे देखा तो वह उस पर मोहित हो गई। पिता से बोली, "मैं इसके साथ ब्याह करूँगी, नहीं तो मर जाऊँगी।"

पर राजा ने उसकी बात न मानी और चोर सूली पर लटका दिया। सूली पर लटकने से पहले चोर पहले तो बहुत रोया, फिर खूब हँसा। रत्नवती वहाँ पहुँच गई और चोर के सिर को लेकर सती होने को चिता में बैठ गई। उसी समय देवी ने आकाशवाणी की—"मैं तेरी पतिभक्ति से प्रसन्न हूँ। जो चाहे सो माँग।"

रत्नवती ने कहा, "मेरे पिता के कोई पुत्र नहीं है। सो वर दीजिए कि उनसे सौ पुत्र हों।"

देवी प्रकट होकर बोली, "यही होगा। और कुछ माँगो।"

वह बोली, "मेरा पति जीवित हो जाए।"

देवी ने उसे जीवित कर दिया। दोनों का विवाह हो गया। राजा को जब यह मालूम हुआ तो उसने चोर को अपना सेनापति बना लिया।

इतनी कहानी सुनाकर वेताल ने पूछा, "हे राजन्, यह बताओ कि सूली पर लटकने से पहले चोर क्यों तो जोर-जोर से रोया और फिर क्यों हँसते-हँसते मर गया?"

राजा ने कहा, "रोया तो इसलिए कि वह राजा रत्नदत्त का कुछ भी भला न कर सकेगा। हँसा इसलिए कि रत्नवती बड़े-बड़े राजाओं

और धनिकों को छोड़कर उस पर मुग्ध होकर मरने को तैयार हो गई। स्त्री के मन की गति को कोई नहीं समझ सकता।"

इतना सुनकर वेताल गायब हो गया और पेड़ पर जा लटका। राजा फिर वहाँ गया और उसे लेकर चला तो रास्ते में उसने यह कथा कही।

□

क्या चोरी की गई चीज पर चोर का अधिकार होता है

नेपाल देश में शिवपुरी नामक नगर में यशकेतु नामक राजा राज करता था। उसके चंद्रप्रभा नाम की रानी और शशिप्रभा नाम की लड़की थी।

जब राजकुमारी बड़ी हुई तो एक दिन वसंत उत्सव देखने बाग में गई। वहाँ एक ब्राह्मण का लड़का आया हुआ था। दोनों ने एक-दूसरे को देखा और प्रेम करने लगे। इसी बीच एक पागल हाथी वहाँ दौड़ता हुआ आया। ब्राह्मण का लड़का राजकुमारी को उठाकर दूर ले गया और हाथी से बचा लिया। शशिप्रभा महल में चली गई; पर ब्राह्मण के लड़के के लिए व्याकुल रहने लगी।

उधर ब्राह्मण के लड़के की भी बुरी दशा थी। वह एक सिद्धगुरु के पास पहुँचा और अपनी इच्छा बताई। उसने एक योग-गुटिका अपने मुँह में रखकर ब्राह्मण का रूप बना लिया और एक गुटिका ब्राह्मण के लड़के के मुँह में रखकर उसे सुंदर लड़की बना दिया। राजा के पास जाकर कहा, "मेरा एक ही बेटा है। उसके लिए मैं इस लड़की को लाया था;

पर लड़का न जाने कहाँ चला गया। आप इसे यहाँ रख लें। मैं लड़के को ढूँढ़ने जाता हूँ। मिल जाने पर इसे ले जाऊँगा।"

सिद्धगुरु चला गया और लड़की के भेस में ब्राह्मण का लड़का राजकुमारी के पास रहने लगा। धीरे-धीरे दोनों में बड़ा प्रेम हो गया। एक दिन राजकुमारी ने कहा, "मेरा दिल बड़ा दुःखी रहता है। एक ब्राह्मण के लड़के ने पागल हाथी से मेरे प्राण बचाए थे। मेरा मन उसी में रमा है।"

इतना सुनकर उसने गुटिका मुँह से निकाल ली और ब्राह्मण-कुमार बन गया। राजकुमारी उसे देखकर बहुत प्रसन्न हुई। तबसे वह रात को रोज गुटिका निकालकर लड़का बन जाता, दिन में लड़की बना रहता। दोनों ने चुपचाप विवाह कर लिया।

कुछ दिन बाद राजा के साले की कन्या मृगांकदत्ता का विवाह दीवान के बेटे के साथ होना तय हुआ। राजकुमारी अपने कन्या-रूपधारी ब्राह्मणकुमार के साथ वहाँ गई। संयोग से दीवान का पुत्र उस बनावटी कन्या पर रीझ गया। विवाह होने पर वह मृगांकदत्ता को घर तो ले गया; लेकिन उसका हृदय उस कन्या के लिए व्याकुल रहने लगा। उसकी यह दशा देखकर दीवान बहुत हैरान हुआ। उसने राजा को समाचार भेजा। राजा आया। उसके सामने सवाल था कि धरोहर के रूप में रखी हुई कन्या को वह कैसे दे दे? दूसरी ओर यह मुश्किल कि न दे तो दीवान का लड़का मर जाए।

बहुत सोच-विचार के बाद राजा ने दोनों का विवाह करा दिया। बनावटी कन्या ने यह शर्त रखी कि चूँकि वह दूसरे के लिए लाई गई थी, इसलिए उसका यह पति छह महीने तक यात्रा करेगा, तब वह उससे बात करेगी। दीवान के लड़के ने यह शर्त मान ली।

विवाह के बाद वह उसे मृगांकदत्ता के पास छोड़ तीर्थ-यात्रा पर चला गया। उसके जाने पर दोनों आनंद से रहने लगे। ब्राह्मणकुमार रात में आदमी बन जाता और दिन में कन्या बना रहता। जब छह महीने बीतने को आए तो वह एक दिन मृगांकदत्ता को लेकर भाग गया।

उधर सिद्धगुरु एक दिन अपने मित्र शशि को युवा पुत्र बनाकर राजा के पास लाया और उस कन्या को माँगा। शाप के डर से राजा ने कहा, "वह कन्या तो जाने कहाँ चली गई। आप मेरी कन्या से इसका विवाह कर दें।"

वह राजी हो गया और राजकुमारी का विवाह शशि के साथ कर दिया। घर आने पर ब्राह्मणकुमार ने कहा, "यह राजकुमारी मेरी स्त्री है। मैंने इससे गंधर्व-रीति से विवाह किया है।"

शशि ने कहा, "यह मेरी स्त्री है, क्योंकि मैंने सबके सामने विधिपूर्वक ब्याह किया है।"

वेताल ने पूछा, "शशि दोनों में से किस की पत्नी है?"

राजा विक्रम ने कहा, "मेरी राय में वह शशि की पत्नी है, क्योंकि राजा ने सबके सामने विधिपूर्वक विवाह किया था। ब्राह्मणकुमार ने तो चोरी से ब्याह किया था। चोरी की चीज पर चोर का अधिकार नहीं होता।"

इतना सुनना था कि वेताल गायब हो गया और राजा विक्रम को जाकर फिर उसे लाना पड़ा। रास्ते में वेताल ने फिर एक कहानी सुनाई।

□

सबसे बड़ा काम किसने किया ?

हिमाचल पर्वत पर गंधर्वों का एक नगर था, जिसमें जीमूतकेतु नामक राजा राज करता था। उसके एक लड़का था, जिसका नाम जीमूतवाहन था। बाप-बेटे दोनों भले थे। धर्म-कर्म में लगे रहते थे। इससे प्रजा के लोग बहुत स्वच्छंद हो गए और एक दिन उन्होंने राजा के महल को घेर लिया। राजकुमार ने यह देखा तो पिता से कहा कि आप चिंता न करें। मैं सबको मार भगाऊँगा। राजा बोला, "नहीं, ऐसा मत करो। युधिष्ठिर भी महाभारत करके पछताए थे।"

इसके बाद राजा अपने गोत्र के लोगों को राजपाट सौंप राजकुमार के साथ मलयाचल पर जाकर मढ़ी बनाकर रहने लगा। वहाँ जीमूतवाहन की एक ऋषि के बेटे से दोस्ती हो गई। एक दिन दोनों पर्वत पर भवानी के मंदिर में गए तो दैवयोग से उन्हें मलयकेतु राजा की पुत्री मिली। दोनों एक-दूसरे पर मोहित हो गए। जब कन्या के पिता को मालूम हुआ तो उसने अपनी बेटी उसे ब्याह दी।

एक रोज की बात है कि जीमूतवाहन को पहाड़ पर एक सफेद ढेर दिखाई दिया। पूछा तो मालूम हुआ कि पाताल से बहुत-से नाग आते हैं,

जिन्हें गरुड़ खा जाता है। यह ढेर उन्हीं की हड्डियों का है। उसे देखकर जीमूतवाहन आगे बढ़ गया। कुछ दूर जाने पर उसे किसी के रोने की आवाज सुनाई दी। पास गया तो देखा कि एक बुढ़िया रो रही है। कारण पूछा तो उसने बताया कि आज उसके नाग के पास जाने की बेटे शंखचूड़ बारी है। उसे गरुड़ आकर खा जाएगा। जीमूतवाहन ने कहा, "माँ, तुम चिंता न करो, मैं उसकी जगह चला जाऊँगा।" बुढ़िया ने बहुत समझाया, पर वह न माना।

इसके बाद गरुड़ आया और उसे चोंच में पकड़कर उड़ा ले गया। संयोग से राजकुमार का बाजूबंद गिर पड़ा, जिस पर राजा का नाम खुदा था। उस पर खून लगा था। राजकुमारी ने उसे देखा। वह मूर्च्छित हो गई। होश आने पर उसने राजा और रानी को सब हाल सुनाया। वे बड़े दुःखी हुए और जीमूतवाहन को खोजने निकले। तभी उन्हें शंखचूड़ मिला। उसने गरुड़ को पुकारकर कहा, "हे गरुड़! तू इसे छोड़ दे। बारी तो मेरी थी।"

गरुड़ ने राजकुमार से पूछा, "तू अपनी जान क्यों दे रहा है?" उसने कहा, "उत्तम पुरुष को हमेशा दूसरों की मदद करनी चाहिए।"

यह सुनकर गरुड़ बहुत खुश हुआ, उसने राजकुमार से वर माँगने को कहा। जीमूतवाहन ने अनुरोध किया कि सब साँपों को जिला दो। गरुड़ ने ऐसा ही किया। फिर उसने कहा, "तुझे अपना राज्य भी मिल जाएगा।"

इसके बाद वे लोग अपने नगर को लौट आए। लोगों ने राजा को फिर गद्दी पर बिठा दिया। इतना कहकर वेताल बोला, "हे राजन्! यह बताओ, इसमें सबसे बड़ा काम किसने किया?"

राजा ने कहा, "शंखचूड़ ने?"

वेताल ने पूछा, "कैसे?"

राजा बोला, "जीमूतवाहन जाति का क्षत्री था। प्राण देने का उसे अभ्यास था। लेकिन बड़ा काम तो शंखचूड़ ने किया, जो अभ्यास न होते हुए भी जीमूतवाहन को बचाने के लिए अपनी जान देने को तैयार हो गया।"

इतना सुनकर वेताल फिर पेड़ पर जा लटका। राजा उसे पकड़कर लाया तो उसने फिर एक कहानी सुनाई।

□

अधिक साहसी कौन?

चंद्रशेखर नगर में रत्नदत्त नाम का एक सेठ रहता था। उसके एक लड़की थी। उसका नाम था उन्मादिनी। जब वह बड़ी हुई तो रत्नदत्त ने राजा के पास जाकर कहा कि आप चाहें तो उससे ब्याह कर लीजिए। राजा ने तीन दासियों से लड़की को देख आने को कहा। उन्होंने उन्मादिनी को देखा तो उसके रूप पर मुग्ध हो गईं, लेकिन उन्होंने यह सोचकर कि राजा उसके वश में हो जाएगा, आकर कह दिया कि वह तो कुलक्षिणी है। राजा ने सेठ से इनकार कर दिया।

इसके बाद सेठ ने राजा के सेनापति बलभद्र से उसका विवाह कर दिया। वे दोनों अच्छी तरह से रहने लगे।

एक दिन राजा की सवारी उस रास्ते से निकली। उस समय उन्मादिनी अपने छज्जे पर खड़ी थी। राजा की उस पर निगाह पड़ी तो वह उस पर मोहित हो गया। उसने पता लगाया। मालूम हुआ कि वह सेठ की लड़की है। राजा ने सोचा कि हो-न-हो, जिन दासियों को मैंने देखने भेजा था, उन्होंने छल किया है। राजा ने उन्हें बुलाया तो उन्होंने सारी बात सच-सच कह दी। इतने में सेनापति वहाँ आ गया। उसे राजा की बेचैनी

मालूम हुई। उसने कहा, "स्वामी उन्मादिनी को आप ले लीजिए।" राजा ने गुस्सा होकर कहा, "क्या मैं अधर्मी हूँ, जो पराई स्त्री को ले लूँ?"

राजा को इतनी व्याकुलता हुई कि वह कुछ दिन बाद ही मर गया। सेनापति ने अपने गुरु को सब हाल सुनाकर पूछा कि अब मैं क्या करूँ? गुरु ने कहा, "सेवक का धर्म है कि स्वामी के लिए जान दे दे।"

राजा की चिता तैयार हुई। सेनापति वहाँ गया और उसमें कूद पड़ा। जब उन्मादिनी को यह बात मालूम हुई तो वह पति के साथ जल जाना धर्म समझकर चिता के पास पहुँची और उसमें कूदकर भस्म हो गई।

इतना कहकर वेताल ने पूछा, "राजन्, बताओ, सेनापति और राजा में कौन अधिक साहसी था?"

विक्रम ने कहा, "राजा अधिक साहसी था; क्योंकि उसने राजधर्म पर दृढ़ रहने के लिए उन्मादिनी को उसके पति के कहने पर भी स्वीकार नहीं किया और अपने प्राणों को त्याग दिया। सेनापति कुलीन सेवक था। अपने स्वामी की भलाई में उसका प्राण देना अचरज की बात नहीं। असली काम तो राजा ने किया कि प्राण छोड़कर भी राजधर्म नहीं छोड़ा।"

राजा का यह उत्तर सुनकर वेताल फिर पेड़ पर जा लटका। राजा उसे पुनः पकड़कर लाया और तब उसने यह कहानी सुनाई।

□

विद्या क्यों नष्ट हो गई ?

उज्जैन नगरी में महासेन नाम का राजा राज करता था। उसके राज्य में वासुदेव शर्मा नाम का एक ब्राह्मण रहता था, जिसके गुणाकर नाम का बेटा था। गुणाकर बड़ा जुआरी था। वह अपने पिता का सारा धन जुए में हार गया। ब्राह्मण ने उसे घर से निकाल दिया। वह दूसरे नगर में पहुँचा। वहाँ उसे एक योगी मिला। उसे हैरान देखकर उसने कारण पूछा तो उसने सब बता दिया। योगी ने कहा, "लो, पहले कुछ खा लो।" गुणाकर ने जवाब दिया, "मैं ब्राह्मण का बेटा हूँ। आपकी भिक्षा कैसे खा सकता हूँ?"

इतना सुनकर योगी ने सिद्धि को याद किया। वह आई। योगी ने उससे आवभगत करने को कहा। सिद्धि ने सोने का एक महल बनवाया और गुणाकर उसमें रात को अच्छी तरह से रहा। सबेरे उठते ही उसने देखा कि महल आदि कुछ भी नहीं है। उसने योगी से कहा, "महाराज, उस स्त्री के बिना अब मैं नहीं रह सकता।"

योगी ने कहा, "वह तुम्हें एक विद्या प्राप्त करने से मिलेगी और वह विद्या जल के अंदर खड़े होकर मंत्र जपने से मिलेगी। लेकिन जब

वह लड़की तुम्हें मेरी सिद्धि से मिल सकती है तो तुम विद्या प्राप्त करके क्या करोगे?"

गुणाकर ने कहा, "नहीं, मैं स्वयं वैसा करूँगा।" योगी बोला, "कहीं ऐसा न हो कि तुम विद्या प्राप्त न कर पाओ और मेरी सिद्धि भी नष्ट हो जाए!"

पर गुणाकर न माना। योगी ने उसे नदी के किनारे ले जाकर मंत्र बता दिए और कहा कि जब तुम जप करते हुए माया से मोहित होगे तो मैं तुम पर अपनी विद्या का प्रयोग करूँगा। उस समय तुम अग्नि में प्रवेश कर जाना।"

गुणाकर जप करने लगा। जब वह माया से एकदम मोहित हो गया तो देखता क्या है कि वह किसी ब्राह्मण के बेटे के रूप में पैदा हुआ है। उसका ब्याह हो गया, उसके बाल-बच्चे भी हो गए। वह अपने जन्म की बात भूल गया। तभी योगी ने अपनी विद्या का प्रयोग किया। गुणाकर मायारहित होकर अग्नि में प्रवेश करने को तैयार हुआ। उसी समय उसने देखा कि उसे मरता देख उसके माँ-बाप और दूसरे लोग रो रहे हैं और उसे आग में जाने से रोक रहे हैं। गुणाकार ने सोचा कि मेरे मरने पर ये सब भी मर जाएँगे और पता नहीं कि योगी की बात सच हो या न हो।

इस तरह सोचता हुआ वह आग में घुसा तो आग ठंडी हो गई और माया भी शांत हो गई। गुणाकर चकित होकर योगी के पास आया और उसे सारा हाल बता दिया।

योगी ने कहा, "मालूम होता है कि तुम्हारे करने में कोई कसर रह गई।"

योगी ने स्वयं सिद्धि की याद की, पर वह नहीं आई। इस तरह योगी

और गुणाकर दोनों की विद्या नष्ट हो गई।

इतनी कथा कहकर वेताल ने पूछा, "राजन्, यह बताओ कि दोनों की विद्या क्यों नष्ट हो गई?"

विक्रम बोला, "इसका जवाब साफ है। निर्मल और शुद्ध संकल्प करने से ही सिद्धि प्राप्त होती है। गुणाकर के दिल में शंका हुई कि पता नहीं, योगी की बात सच होगी या नहीं। योगी की विद्या इसलिए नष्ट हुई कि उसने अपात्र को विद्या दी।"

राजा का उत्तर सुनकर वेताल फिर पेड़ पर जा लटका। राजा वहाँ गया और उसे लेकर चला तो उसने यह कहानी सुनाई।

□

पिंडदान का अधिकारी कौन ?

वक्रोलक नामक नगर में सूर्यप्रभ नाम का राजा राज करता था। उसके कोई संतान न थी। उसी समय में एक दूसरी नगरी में धनपाल नाम का एक साहूकार रहता था। उसकी स्त्री का नाम हिरण्यवती था और उसके धनवती नाम की एक पुत्री थी। जब धनवती बड़ी हुई तो धनपाल मर गया और उसके नाते-रिश्तेदारों ने उसका धन ले लिया। हिरण्यवती अपनी लड़की को लेकर रात के समय नगर छोड़कर चल दी। रास्ते में उसे एक चोर सूली पर लटकता हुआ मिला। वह मरा नहीं था। उसने हिरण्यवती को देखकर अपना परिचय दिया और कहा, "मैं तुम्हें एक हजार अशर्फियाँ दूँगा। तुम अपनी लड़की का ब्याह मेरे साथ कर दो।"

हिरण्यवती ने कहा, "तुम तो मरने वाले हो।"

चोर बोला, "मेरे कोई पुत्र नहीं है और निपूते की परलोक में सद्गति नहीं होती। अगर मेरी आज्ञा से और किसी से भी इसके पुत्र पैदा हो जाएगा तो मुझे सद्गति मिल जाएगी।"

हिरण्यवती ने लोभ के वश होकर उसकी बात मान ली और धनवती

का ब्याह उसके साथ कर दिया। चोर बोला, "इस बड़ के पेड़ के नीचे अशर्फियाँ गड़ी हैं, सो ले लेना और मेरे प्राण निकलने पर मेरा क्रिया-कर्म करके तुम अपनी बेटी के साथ अपने नगर में चली जाना।"

इतना कहकर चोर मर गया। हिरण्यवती ने जमीन खोदकर अशर्फियाँ निकालीं, चोर का क्रिया-कर्म किया और अपने नगर में लौट आईं।

उसी नगर में वसुदत्त नाम का एक गुरु था, जिसके मनस्वामी नाम का शिष्य था। वह शिष्य एक वेश्या से प्रेम करता था। वेश्या उससे पाँच सौ अशर्फियाँ माँगती थी। वह कहाँ से लाकर देता! संयोग से धनवती ने मनस्वामी को देखा और वह उसे चाहने लगी। उसने अपनी दासी को उसके पास भेजा। मनस्वामी ने कहा कि मुझे पाँच सौ अशर्फियाँ मिल जाएँ तो मैं एक रात धनवती के साथ रह सकता हूँ।

हिरण्यवती राजी हो गई। उसने मनस्वामी को पाँच सौ अशर्फियाँ दे दीं। बाद में धनवती के एक पुत्र उत्पन्न हुआ। उसी रात शिवजी ने सपने में उन्हें दर्शन देकर कहा, "तुम इस बालक को हजार अशर्फियों के साथ राजा के महल के दरवाजे पर रख आओ।"

माँ-बेटी ने ऐसा ही किया। उधर शिवजी ने राजा को सपने में दर्शन देकर कहा, "तुम्हारे द्वार पर किसी ने धन के साथ लड़का रख दिया है, उसे ग्रहण करो।"

राजा ने अपने नौकरों को भेजकर बालक और अशर्फियों को मँगा लिया। बालक का नाम उसने चंद्रप्रभ रखा। जब वह लड़का बड़ा हुआ तो उसे गद्दी सौंपकर राजा काशी चला गया और कुछ दिन बाद मर गया।

पिता के ऋण से उऋण होने के लिए चंद्रप्रभ तीर्थ करने निकला।

जब वह घूमते हुए गयाकूप पहुँचा और पिंडदान किया तो उसमें से तीन हाथ एक साथ निकले। चंद्रप्रभ ने चकित होकर ब्राह्मणों से पूछा कि किसको पिंड दूँ? उन्होंने कहा, "लोहे की कीलवाला चोर का हाथ है, पवित्रीवाला ब्राह्मण का है और अँगूठीवाला राजा का। आप तय करो कि किसको देना है?"

इतना कहकर वेताल बोला, "राजन्, तुम बताओ कि उसे किसको पिंड देना चाहिए?"

राजा ने कहा, "चोर को; क्योंकि उसी का वह पुत्र था। मनस्वामी उसका पिता इसलिए नहीं हो सकता कि वह तो एक रात के लिए पैसे से खरीदा हुआ था। राजा भी उसका पिता नहीं हो सकता, क्योंकि उसे बालक को पालने के लिए धन मिल गया था। इसलिए चोर ही पिंड का अधिकारी है।"

इतना सुनकर वेताल फिर पेड़ पर जा लटका और राजा को वहाँ जाकर उसे लाना पड़ा। रास्ते में फिर उसने एक कहानी सुनाई।

□

बालक क्यों हँसा ?

चित्रकूट नगर में एक राजा रहता था। एक दिन वह शिकार खेलने जंगल में गया। घूमते-घूमते वह रास्ता भूल गया और अकेला रह गया। थककर वह एक पेड़ की छाया में लेटा कि उसे एक ऋषि-कन्या दिखाई दी। उसे देखकर राजा उस पर मोहित हो गया। थोड़ी देर में ऋषि स्वयं आ गए। ऋषि ने पूछा, "तुम यहाँ कैसे आए हो ?" राजा ने कहा, "मैं शिकार खेलने आया हूँ। ऋषि बोले, "बेटा, तुम क्यों जीवों को मारकर पाप कमाते हो ?"

राजा ने वादा किया कि मैं अब कभी शिकार नहीं खेलूँगा। खुश होकर ऋषि ने कहा, "तुम्हें जो माँगना हो, माँग लो।"

राजा ने ऋषि-कन्या माँगी और ऋषि ने खुश होकर दोनों का विवाह करा दिया। राजा जब उसे लेकर चला तो रास्ते में एक भयंकर राक्षस मिला। बोला, "मैं तुम्हारी रानी को खाऊँगा। अगर चाहते हो कि वह बच जाए तो सात दिन के भीतर एक ऐसे ब्राह्मण-पुत्र का बलिदान करो, जो अपनी इच्छा से अपने को दे और उसके माता-पिता उसे मारते समय उसके हाथ-पैर पकड़ें।" डर के मारे राजा ने उसकी बात मान ली।

वह अपने नगर को लौटा और अपने दीवान को सब हाल कह सुनाया। दीवान ने कहा, "आप परेशान न हों, मैं उपाय करता हूँ।"

इसके बाद दीवान ने सात बरस के बालक की सोने की मूर्ति बनवाई और उसे कीमती गहने पहनाकर नगर-नगर और गाँव-गाँव घुमवाया। यह कहलवा दिया कि जो कोई सात बरस का ब्राह्मण का बालक अपने को बलिदान के लिए देगा और बलिदान के समय उसके माँ-बाप उसके हाथ-पैर पकड़ेंगे, उसी को यह मूर्ति और सौ गाँव मिलेंगे।

यह खबर सुनकर एक ब्राह्मण-बालक राजी हो गया, उसने माँ-बाप से कहा, "आपको बहुत-से पुत्र मिल जाएँगे। मेरे शरीर से राजा की भलाई होगी और आपकी गरीबी मिट जाएगी।"

माँ-बाप ने मना किया, पर बालक ने हठ करके उन्हें राजी कर लिया।

माँ-बाप बालक को लेकर राजा के पास गए। राजा उन्हें लेकर राक्षस के पास गया। राक्षस के सामने माँ-बाप ने बालक के हाथ-पैर पकड़े और राजा उसे तलवार से मारने को हुआ। उसी समय बालक बड़े जोर से हँस पड़ा।

इतना कहकर वेताल बोला, "हे राजन्, यह बताओ कि वह बालक क्यों हँसा?"

विक्रम ने फौरन उत्तर दिया—"इसलिए कि डर के समय हर आदमी रक्षा के लिए अपने माँ-बाप को पुकारता है। माता-पिता न हों तो पीड़ितों की मदद राजा करता है। राजा न कर सके तो आदमी देवता को याद करता है। पर यहाँ तो कोई भी बालक के साथ न था। माँ-बाप हाथ पकड़े हुए थे, राजा तलवार लिये खड़ा था और राक्षस भक्षक हो रहा था।

ब्राह्मण का लड़का परोपकार के लिए अपना शरीर दे रहा था। इसी हर्ष से और अचरज से वह हँसा।"

इतना सुनकर वेताल अंतर्धान हो गया और राजा लौटकर फिर उसे पेड़ पर से ले आया। रास्ते में वेताल ने फिर कहानी शुरू कर दी।

□

सबसे ज्यादा प्रेम में अंधा कौन था?

विशाला नाम की नगरी में पद्मनाभ नाम का राजा राज करता था। उसी नगर में अर्थदत्त नाम का एक साहूकार रहता था। अर्थदत्त के अनंगमंजरी नाम की एक सुंदर कन्या थी। उसका विवाह साहूकार ने एक धनी साहूकार के पुत्र मणिवर्मा के साथ कर दिया। मणिवर्मा पत्नी को बहुत चाहता था, पर पत्नी उसे प्यार नहीं करती थी। एक बार मणिवर्मा कहीं गया। पीछे अनंगमंजरी की राजपुरोहित के लड़के कमलाकर पर निगाह पड़ी तो वह उसे चाहने लगी। पुरोहित का लड़का भी लड़की को चाहने लगा। अनंगमंजरी ने महल के बाग में जाकर चंडीदेवी को प्रणाम कर कहा, "यदि मुझे इस जन्म में कमलाकर पति के रूप में न मिले तो अगले जन्म में मिले।"

यह कहकर वह अशोक के पेड़ से दुपट्टे की फाँसी बनाकर मरने को तैयार हो गई। तभी उसकी सखी आ गई और उसे यह वचन देकर साथ ले गई कि वह उसे कमलाकर से मिला देगी। दासी सवेरे कमलाकर के यहाँ गई और बगीचे में दोनों के मिलने का प्रबंध कर आई। कमलाकर आया और उसने अनंगमंजरी को देखा। वह बेताब

होकर मिलने के लिए दौड़ा। मारे खुशी के अनंगमंजरी के हृदय की गति रुक गई और वह मर गई। उसे मरा देखकर कमलाकर का भी दिल फट गया और वह भी मर गया। उसी समय मणिवर्मा वहाँ आ गया और अपनी स्त्री को पराए आदमी के साथ मरा देखकर बड़ा दु:खी हुआ। वह स्त्री को इतना चाहता था कि उसका वियोग न सहने से उसके भी प्राण निकल गए। चारों ओर हाहाकार मच गया। उसी समय वहाँ चंडीदेवी प्रकट हुई और उसने सबको जीवित कर दिया।

इतना कहकर वेताल बोला, "राजन्, यह बताओ कि इन तीनों में सबसे ज्यादा विराग में अंधा कौन था?"

राजा ने कहा, "मेरे विचार में मणिवर्मा था, क्योंकि वह अपनी पत्नी को पराए आदमी को प्यार करते देखकर भी शोक से मर गया। अनंगमंजरी और कमलाकर तो अचानक मिलने की खुशी से मरे। उसमें अचरज की कोई बात नहीं थी।"

राजा का यह जवाब सुनकर वेताल फिर पेड़ पर जा लटका और राजा को वापस जाकर उसे लाना पड़ा। रास्ते में वेताल ने फिर एक कहानी कही।

□

शेर बनाने का अपराध किसने किया?

कुसुमपुर नगर में एक राजा राज करता था। उसके नगर में एक ब्राह्मण था, जिसके चार बेटे थे। लड़कों के सयाने होने पर ब्राह्मण मर गया और ब्राह्मणी उसके साथ सती हो गई। उनके रिश्तेदारों ने उनका धन छीन लिया। वे चारों भाई नाना के यहाँ चले गए। लेकिन कुछ दिन बाद वहाँ भी उनके साथ बुरा व्यवहार होने लगा। तब सबने मिलकर सोचा कि कोई विद्या सीखनी चाहिए। ऐसा सोच करके चारों चार दिशाओं में चल दिए।

कुछ समय बाद वे विद्या सीखकर पुनः मिले। एक ने कहा, "मैंने ऐसी विद्या सीखी है कि मैं मरे हुए प्राणी की हड्डियों पर मांस चढ़ा सकता हूँ।" दूसरे ने कहा, "मैं उसके खाल और बाल पैदा कर सकता हूँ।" तीसरे ने कहा, "मैं उसके सारे अंग बना सकता हूँ।" चौथा बोला, "मैं उसमें जान डाल सकता हूँ।"

फिर वे अपनी विद्या की परीक्षा लेने जंगल में गए। वहाँ उन्हें एक मरे हुए शेर की हड्डियाँ मिलीं। उन्होंने उसे बिना पहचाने ही उठा लिया। एक ने मांस डाला, दूसरे ने खाल और बाल पैदा किए, तीसरे ने सारे

अंग बनाए और चौथे ने तुरंत उसमें प्राण डाल दिए। शेर जीवित हो उठा और सबको खा गया।

यह कथा सुनाकर वेताल बोला, "हे राजा! बताओ कि उन चारों में शेर बनाने का अपराध किसने किया ?"

राजा विक्रम ने कहा, "जिसने प्राण डाले उसने, क्योंकि बाकी तीन को यह पता ही नहीं था कि वे शेर बना रहे हैं। इसलिए उनका कोई दोष नहीं है।"

यह सुनकर वेताल फिर पेड़ पर जा लटका। राजा जाकर फिर उसे पकड़कर लाया। रास्ते में वेताल ने एक नई कहानी सुनाई।

□

योगी पहले क्यों रोया, फिर क्यों हँसा ?

कलिंग देश में शोभावती नाम का एक नगर था। उसमें राजा प्रद्युम्न राज करता था। उसी नगरी में एक ब्राह्मण रहता था, जिसके देवसोम नाम का बड़ा ही योग्य पुत्र था। जब देवसोम सोलह बरस का हुआ और सारी विद्याएँ सीख चुका तो एक दिन दुर्भाग्य से वह मर गया। बूढ़े माँ-बाप बड़े दुःखी हुए। चारों ओर शोक छा गया। जब लोग उसे लेकर श्मशान में पहुँचे तो रोने-पीटने की आवाज सुनकर एक योगी अपनी कुटिया में से निकलकर आया। पहले तो वह खूब जोर से रोया, फिर खूब हँसा, फिर योग-बल से अपना शरीर छोड़कर उस लड़के के शरीर में घुस गया। लड़का उठ खड़ा हुआ। उसे जीता देखकर सब बड़े खुश हुए।

वह लड़का भी वही तपस्या करने लगा।

इतना कहकर वेताल बोला, "राजन्, यह बताओ कि यह योगी पहले क्यों रोया, फिर क्यों हँसा ?"

राजा ने कहा, "इसमें क्या बात है! वह रोया इसलिए कि जिस शरीर को उसके माँ-बाप ने पाला-पोसा और जिससे उसने बहुत सी शिक्षाएँ प्राप्त कीं, उसे छोड़ रहा था। हँसा इसलिए कि वह नए शरीर में प्रवेश करके और अधिक सिद्धियाँ प्राप्त कर सकेगा।"

राजा का यह जवाब सुनकर वेताल फिर पेड़ पर जा लटका। राजा पकड़कर उसे लाया तो रास्ते में वेताल ने कहा, "हे राजन्, मुझे इस बात की बड़ी खुशी है कि बिना जरा-सा भी हैरान हुए तुम मेरे सवालों का जवाब देते रहे हो और बार-बार आने-जाने की परेशानी उठाते रहे हो। आज मैं तुमसे एक बहुत भारी सवाल करूँगा। सोचकर उत्तर देना।"

इसके बाद वेताल ने यह कहानी सुनाई।

□

माँ-बेटी के बच्चों में क्या रिश्ता हुआ?

किसी नगर में मांडलिक नाम का राजा राज करता था। उसकी पत्नी का नाम चंडवती था। वह मालव देश के राजा की लड़की थी। उसके लावण्यवती नाम की एक कन्या थी। जब वह विवाह के योग्य हुई तो राजा के भाई-बंधुओं ने उसका राज्य छीन लिया और उसे देश-निकाला दे दिया। राजा रानी और कन्या को साथ लेकर मालव देश को चल दिया। रात को वे एक वन में ठहरे। पहले दिन चलकर भीलों की नगरी में पहुँचे। राजा ने रानी और बेटी से कहा कि तुम लोग वन में छिप जाओ, नहीं तो भील तुम्हें परेशान करेंगे। वे दोनों वन में चली गईं। इसके बाद भीलों ने राजा पर हमला किया। राजा ने उनका मुकाबला किया, पर अंत में वह मारा गया। भील चले गए।

उनके जाने पर रानी और बेटी जंगल से निकलकर आईं और राजा को मरा देखकर बड़ी दुःखी हुईं। वे दोनों शोक करती हुई एक तालाब के किनारे पहुँचीं। उसी समय वहाँ चंडसिंह नाम का साहूकार

अपने लड़के के साथ घोड़े पर चढ़कर, शिकार खेलने के लिए उधर आया। दो स्त्रियों के पैरों के निशान देखकर साहूकार अपने बेटे से बोला, "अगर ये स्त्रियाँ मिल जाएँ तो जिससे चाहो, विवाह कर लेना।"

लड़के ने कहा, "छोटे पैर वाली छोटी उम्र की होगी, उससे मैं विवाह कर लूँगा। आप बड़ी से कर लें।"

साहूकार विवाह नहीं करना चाहता था, पर बेटे के बहुत कहने पर राजी हो गया।

थोड़ा आगे बढ़ते ही उन्हें दोनों स्त्रियाँ दिखाई दीं। साहूकार ने उनसे पूछा, "तुम कौन हो?"

रानी ने सारा हाल कह सुनाया। साहूकार उन्हें अपने घर ले गया। संयोग से रानी के पैर छोटे थे, पुत्री के पैर बड़े। इसलिए साहूकार ने पुत्री से विवाह किया, लड़के ने रानी से किया और इस तरह पुत्री सास बनी और माँ बेटे की बहू। आगे चलकर उन दोनों के कई संतानें हुईं।

इतना कहकर वेताल बोला, "राजन्! बताइए, माँ-बेटी के जो बच्चे हुए, उनका आपस में क्या रिश्ता हुआ?"

यह सवाल सुनकर राजा बड़े चक्कर में पड़ा। उसने बहुत सोचा, पर जवाब न सूझ पड़ा। इसलिए वह चुपचाप चलता रहा।

वेताल यह देखकर बोला, "राजन्, कोई बात नहीं है। मैं तुम्हारे धीरज और पराक्रम से खुश हूँ। मैं अब इस मुरदे से निकला जाता हूँ। तुम इसे योगी के पास ले जाओ। जब वह तुम्हें इस मुरदे को सिर झुकाकर प्रणाम करने को कहे तो तुम कह देना कि पहले आप करके दिखाओ। जब वह सिर झुकाकर बतावे तो तुम उसका सिर काट लेना।

उसका बलिदान करके तुम सारी पृथ्वी के राजा बन जाओगे। सिर नहीं काटा तो वह तुम्हारी बलि देकर सिद्धि प्राप्त करेगा।"

इतना कहकर वेताल चला गया और राजा मुरदे को लेकर योगी के पास आया।

□

वेताल अंतर्धान

योगी राजा को और मुरदे को देखकर बहुत प्रसन्न हुआ। बोला, "हे राजन्! तुमने यह कठिन काम करके मेरे साथ बड़ा उपकार किया है। तुम सचमुच सारे राजाओं में श्रेष्ठ हो।"

इतना कहकर उसने मुरदे को उसके कंधे से उतार लिया और उसे स्नान कराकर फूलों की मालाओं से सजाकर रख दिया। फिर मंत्र-बल से वेताल का आह्वान करके उसकी पूजा की। पूजा के बाद उसने राजा से कहा, "हे राजन्! तुम शीश झुकाकर इसे प्रणाम करो।"

राजा को वेताल की बात याद आ गई। उसने कहा, "मैं राजा हूँ, मैंने कभी किसी को सिर नहीं झुकाया। आप पहले सिर झुकाकर बता दीजिए।"

योगी ने जैसे ही सिर झुकाया, राजा ने तलवार से उसका सिर काट दिया। वेताल बड़ा खुश हुआ। बोला, "राजन्, यह योगी विद्याधरों का स्वामी बनना चाहता था। अब तुम बनोगे। मैंने तुम्हें बहुत हैरान किया है। तुम जो चाहो सो माँग लो।"

राजा ने कहा, "अगर आप मुझसे खुश हैं तो मेरी प्रार्थना है कि

आपने जो चौबीस कहानियाँ सुनाईं, वे, और पच्चीसवीं यह, सारे संसार में प्रसिद्ध हो जाएँ तथा लोग इन्हें आदर से पढ़ें।"

वेताल ने कहा, "ऐसा ही होगा। ये कथाएँ 'वेताल-पच्चीसी' के नाम से मशहूर होंगी और जो इन्हें पढ़ेंगे, उनके पाप दूर हो जाएँगे।"

यह कहकर वेताल चला गया। उसके जाने के बाद शिवजी ने प्रकट होकर कहा, "राजन्, तुमने अच्छा किया, जो इस दुष्ट साधु को मार डाला। अब तुम जल्दी ही सातों द्वीपों और पाताल सहित सारी पृथ्वी पर राज स्थापित करोगे।"

इसके बाद शिवजी अंतर्धान हो गए। काम पूरे करके राजा श्मशान से नगर में आ गया। कुछ ही दिनों में वह सारी पृथ्वी का राजा बन गया और बहुत समय तक आनंद से राज करते हुए अंत में भगवान् में समा गया।

□□□